文春文庫

緊急重役会

城山三郎

文藝春秋

目次

緊急重役会

緊急重役会

月曜日。

午前九時。

恩地信幸は、使いなれた暗褐色のボストン・バッグ一つ下げて、牛込にある女子医大附属病院の玄関先に下り立った。あたりに人影はなく、少し奥の入院受付口に、農家の主婦を思わせる陽灼けした年輩の看護婦が佇《たたず》んでいた。

恩地がボストン・バッグから、入院書類をとり出しにかかると、その看護婦がすっと寄ってきた。

「恩地さんですね。お待ちしていました」

書類と、つづいて、バッグを受けとった。下顎に一つ、大きな金歯のあるのが、いっそう、落着いた主婦の感じを与える。

恩地は何となく安心し、うす暗い病院の奥を見た。

コンクリートの廊下づたいに、薬品のにおいがかすかに流れてくる。外来患者は別の口なので閑散としていた。何を待っているのか、黒いぼろぎれのようにうずくまった人影が、二、三見えるばかりである。

前方の部屋のドアが開き、女医なのであろう、白い診察着だけで看護帽はつけぬ若い女が現われ、背を向けて、大股に歩いて行く。

看護婦が、あわてて、呼びかけた。

「先生、水島先生」

女医がふり返った。恩地の姿を認め、ひき返してくる。その顔を見て、恩地ははっとした。やや太目の眉、二重瞼のはっきりした大きな眼――亡妻の敦子《あつこ》にひどく似ていた。

年齢も、二十四、五。結婚三年にして恩地が召集され、習志野《ならしの》の野砲兵連隊の門で別れたときの敦子とちょうど同じ年頃である。恩地の記憶の中で、敦子はその若さのままとどまっている。初々《ういうい》しく、物静かに、口答えひとつしたことがなく、「かしずく」という古い表現が何よりもぴったりするつとめ方であった。それは、恩地の生涯にとって、いちばん貴重な宝となるはずであった――。

入院手続きを代行するという看護婦を残し、女医が先立って恩地を案内して行った。人間ドックの部屋は三階のはずれ、他の病室から離れた一角にあった。三方が窓で、洗いざらした白いカーテンが気ままに秋風にゆれている。

部屋の中央にベッド、窓ぎわには籐《とう》の肘掛椅子がテーブルをはさんで二脚おかれている。女医は恩地をその椅子にかけさせると、自分は別にまるい小椅子をひきよせ、軽く腰をのせた。

「わたし水島と申します。予診その他のお手伝いをさせて頂きます」

透きとおる声で言い、小さく頭を下げた。

まぢかで見ると、小鼻も大きく、顎のつくりもがんじょうで、いかにも生活力に溢《あふ》れた顔である。細い首すじに至るまで弱々しい感じずくめだった敦子とはちがって、医師として一人立ちして行くたくましさを十分感じさせる顔であった。

恩地は少々失望した。

「生年月日は？」「御家族は？」からはじまる問診は、百項目近くあった。ボール・ペン片手に、水島が要領よく、そして、いく分、押し強く問いかけてくる。体の各部の異常の有無ばかりでなく、問診が進むにつれて、恩地は自分の生活の中身まで透視されて行くのを感じた。

「これまでの病歴、何か大病なさったことがありますか」

「病気じゃないんだが、胸に弾丸を受けました。貫通銃創です」

「いつのことですか」

「昭和二十年の五月、北ニューギニアでオーストラリア軍にやられたんです。すぐに野戦病院に運ばれたんだが、何しろ……」

女医はその先を遮り、

「弾丸は通り抜けたのですね」

重ねて訊《き》かれて、恩地は大きくうなずいた。貫通だといっているのに、この女にはわからない。恩地は、あらためて自分の年齢を教えられるような気がした。自分が撃たれたころには、敦子に似たこの女医はまだ小学校に上ったばかりであろう。盲管も貫通もわかるはずはない。

ニッパ椰子《やし》の葉で葺《ふ》いた病舎の中で、恩地は来る日も来る日も敦子のことを思った。すでに内地との連絡は絶えており、負傷を知らせるすべもなかったが、「武運長久」の旗幟《きし》の立ち並んだ八幡神社の社前で平癒を祈ってぬかずいている妻の姿が、恩地の病んだ眼にはまざまざと見えたのだ。主戦場が移動し、敵機の姿もなくなった高く青い熱帯の空に、その像は陽炎《かげろう》のようにゆれて見えた。声をあげて抱きしめたい——こみ上げてくる新妻への慕情と闘うことだけが、一時期の日課であった。そのときすでに、B29の爆撃で敦子の命が失われていたことも知らずに。

はかない夫婦生活であった。

結婚と同時に戦争がはじまっていた。紡績工場は企業整備の対象となり、紡績設備はスクラップ化される運命だった。このころ恩地は、P紡績の主力工場である米《まい》原《ばら》工場の総務課であったが、いまの社長、当時の総務課長である清瀬とともに、大阪や東京に出ては、軍人や軍需省の役人への陳情をつづけた。軍需衣料の生産工場としての指定を受けるためである。

昼間は役所へ、夜は花柳界へ。金だけでは遊べず、闇の肉や魚の手配まで苦労しなければならなかった。その上、女との遊びははでであった。というより、荒《すさ》んでいた。何人もの男で一人の女をごろごろ廻してなぐさんだりした。

新婚間もない妻の敦子は、米原の社宅でひとり留守を守っていた。たまに家に戻ると、ついてきた清瀬はその荒んだ遊びの話を無神経に披露した。敦子は、白い顔に血の色を走らせながら、自分が悪いことでもしたように、うなだれるばかりであった。

恩地たちの努力で軍需工場の指定が下り、他社では設備の五割から八割近くがスクラップにされたのに、P紡績はわずか二割を失うだけですみ、戦後もしばらくは独走をつづけることができた。

恩地は指定をとって間もなく召集されたが、その意味では恩地と敦子の青春は、ただP紡績のために浪費されたともいえるのだ——。

水島の誘導につれて、恩地は体の不調を列挙した。

「疲れやすい」「ときどき眼まいがする」「やせた」「胃が重い」「食欲がない」「食べたものがいつまでももたれる」「食事になっても空腹感がない」「ときどき吐き気を感じる……」

「便に血がまじることは」

「あります。だが、痔《じ》も悪いんで」

答えて行く中に、恩地は自分の体が激戦地のように荒廃しつくしているのを感じた。体中いたるところがいたんでいる。よい部分を探した方が早いかも知れぬ。過労による消耗が、五十過ぎの全身をいためつくしていた。しかも、それは、決して明瞭な特定の病気のせいではなかった。苦痛はない。

　もし病気とすれば、それは苦痛も与えず潜行しているただ一つのおそろしい病気の容疑であった。

「御父上の亡くなられた病気は」

「胃ガンです」

「まちがいありませんか」

「ああ」

「母上は?」

「肝硬変です」

「父方の祖父は何で亡くなられました」

「やはり、胃が悪かったと聞いています」

　答えている中に、おそろしい病《やまい》への容疑が一刷毛《ひとはけ》一刷毛濃くなって行く感じであった。

　ゆううつな追究は、そこで方向を変えた。

「毎日、何時ごろ起床なさいます」

「六時ごろ」

「就寝は？」

「十時か十一時。ただし、不眠症気味だから、寝つくのは、それから一、二時間後ということになります」

「それにしても、案外、お早いのですね」

「早い？　ああ」

恩地は、ひとりで合点した。「会社役員」という職業がら、夜がおそいものときめているのだろう。恩地は、夜のつき合いはできるだけ控えていた。体が疲れやすいこともある。バーを廻るような心の余裕や根気もない。それに妻のさかえがうるさいのも、一つの原因であった。

恩地が後妻に迎えるまで、さかえはバーでやとわれマダムをしていた。それだけに理解があってもよさそうなのに、かえって、めくじらを立てる。帰りがおそいと、洋服の襟のにおいをかいだり、ポケットをさぐったりする。恩地は、そうされることが、たまらなくいやであった。

(疑うまでもない。バーの女は、おまえでこりたんだ)

そう言いたいのを、苦しい思いでこらえた。事実、恩地はバーの女に心をひかれることもなくなっていた。少しつき合いを深めると、どの女の底にも、さかえと同じざらざらした地肌が見えてくるのだ――。

「何か運動をなさいますか」

女医の質問が続く。

「いや」

「ゴルフはなさいませんの」

やらないことがふしぎのような訊き方であった。

「やらない」

恩地は力をこめて首を横に振った。

「重役さんには珍しいことですね」

女医は追いうちをかけるように言って笑う。

「やりません」

恩地はむきになってくり返した。

健康を考えれば、ゴルフをと思わぬでもない。だが、どうしても時間の余裕が見出せない。片づけても片づけても、仕事が追ってくる。余裕を見出すのでなく、ゴルフのための時間をはじめからとっておけ、仕事はそれなりに片づいて行くという考え方もある。社長の清瀬がその主義である。すでに六十を越えているのに、週に二日はコース廻りを欠かさない。仕事は、自然に片づかず、恩地の上にのしかかってくる。社長専決の書類を見るのはもとより、社長の出るべき会合やパーティにも、恩地が代って顔を出さねばならない。会社関係だけではなく、仲人まで肩代りさせられたこともあった。専務本来の仕事だけならば、ゴルフとまでは行かなくとも、少しは自分の時間を生み出せたかも知れぬ。だが、ゴルフ族と仕事を分ち合っている限り余裕はない。

恩地は、気質的にもゴルフを好かなかった。プレイはスマートかも知れない。だが、その費用は、節度なく社費の中から落される。ゴルフの話の中で仕事のことが持ち出され、仕事の話の中に、ゴルフの話が持ちこまれ、オフィスとカントリイ・クラブとの見境がなくなる——。

恩地はそれを自分の潔癖な気質のせいだと思っている。だが、その底には、清瀬社長らの屈託のない生き方への羨望、まじめ一方で不器用な自分自身への苛立《いらだ》ちがこもっていた。

いや、さらにその底には、清瀬社長と筧《かけい》常務の結託への漠然とした不安感があった。筧はN銀行から送りこまれて来て日が浅い。だが、ゴルフを通じて、社長とは急速に親しくなっている。二人がゴルフに出かけ、二人だけの長い時間を持つことに、恩地は嫉妬とはちがった不安をおぼえる。しかも、つんぼ桟敷《さじき》に居る恩地は、人一倍仕事に追われねばならない。

恩地が人間ドック入りを理由に一週間社務を投げ出したのにも、二人への面当てに似た気持が少しは働いていた。しかし、恩地の予想を裏切り、二人とも恩地のドック入りをよろこび、快く送り出してくれた。そうなればそうなったで、二人組でゴルフ場に行っているとき以上の強い不安がきざしてくる。

一息つく恩地に、水島はさらに突っこんだ質問を浴びせてきた。

「夫婦生活、いえ、性生活は月に何回くらいですの？」

恩地の体の中が熱くなった。そして熱くなったことに腹立った。なぜ、そうなったのだろう。敦子に似ている女医の口から、その無躾《ぶしつけ》な質問が出たためか、それとも、自身の夫婦生活に気はずかしいことでもあるのか。

「夫婦生活」と言ってから、「性生活」と言い直したことにも微妙なニュアンスがあった。会社の重役ともなれば、妻以外の女との関係もあると思っているのだろうか。この女はおれをからかっている。ふざけた奴だ。殊勝そうな顔をしながら、どこか浮々した眼の動き――敦子には決してなかった顔だ。だが、敦子に、もし、こうした面があったなら、おれの胸の中にもっとあたたかな記憶となって残っていたかも知れない。

黙っている恩地に、女医はさすがに二度くり返すことはためらわれるのか、予診カードの頁を返した。その眼が、妻の年齢を読んでいる。後妻のさかえとの間には二十歳の開きがある。

女医は眼を上げた。

「あの……」

「それを言わなくちゃならんのですか」

「はあ、仰言《おつしや》って頂きたいのです」

「……月に四、五回というところでしょう」

「すると、週に一回ということになりますね」

なぜ、そんなくり返し方をするのかと、恩地は眼をむく。その憤りの中には、さかえへの反感もふくまれていた。夫婦生活では、いつもリードをとるのが、さかえであった。回数も答えたよりは多い。二、三日でも旅行に出ようとすると、必ずその前後に要求する。男は旅に出れば浮気しかねないときめこんでいる。さかえの眼で男について自信を以てとらえられるのは、性衝動だけのように思えることとさえあった。

「翌日、疲労感は残りませんか」

「ない」

恩地は、顎をふり上げて言った。翌朝の疲労どころか、行為を営むのさえおっくうなことが多い。熟れた妻の体を、もてあましかねていた。妻の年齢にしてみれば、その要求も無理ないと思うだけに、いっそうその肉体は気重な存在となった。あぶらの浮いた素裸の肌を押しつけられると、その気重さから、恩地の軀《からだ》は萎縮してしまうこともある——。

たとえ診断上の参考とはいえ、さりげない問診の一つ一つが、恩地には苦痛であった。会社の専務という衣を剝がされ一個の裸の人間として扱われた場合、仕事にすり減らされ、さらに妻の肉体の重みにすり減らされているばかりで、語るに足る生活内容のないことを、あらためて思い知らされる気がした。

問診が終ると、女医は部屋を出、廊下を隔てた向いの部屋に移った。そこには、ある大学の歴史学の教授がやはり人間ドックのため入っている。これから一週間、二人いっしょに診断を受けるわけだ。

しばらくして出された昼食は、塩分も脂肪分も、一かけらの蛋白質もなく、まずかった。それでも恩地は残さず食べた。ドックの中では、万事、病院の処方のままに従うつもりである。自分の決断、自分の責任というものから一切解除され、意志も感情もない一個の物体としての自分を投げ出したい。

窓ぎわに寄る鳩を横目に眺めながら、恩地は黙々と箸を動かした。

午後。

大小いくつかの注射器で採血され、また、逆に検査用色素を注入された。すべて看護婦が馴れた手つきでやった。痛くはなかった。針を刺されることに、ふしぎに新鮮な刺戟《しげき》さえ感じた。蒼く静脈の走った二の腕。それは、ふだんは見ることもないところであった。長年月、はげしい消耗の中で無言で恩地を支えてくれていた、針穴から血のにじんだその部分を、恩地はいとおしむように見た。

その後、身長・体重・胸囲・肺活量などの計測があった。白髪、枯木のようにやせた歴史学者に比べれば、年齢の差からいっても当然なことなのだが、目方は重く、肺活量もはるかに多かった。なめらかな鉛色の半円筒が、水の中をゆっくりふくれ上る。無口な看護婦が「ずいぶん上りましたね」と、思わず口に出すのを、恩地はすなおによろこんだ。学生時代に戻ったように心が軽くなった。

その日の検査が終ると、看護婦が分厚な署名簿を持って来た。これまでドックの入院者が、退院時にその名と短い感慨を記している。

恩地は肘掛椅子にくつろぎながら、ゆっくり頁をくった。有名な芸能人の名もあった。名前の横に、「衆議院議員」と念入りに肩書をつけた男も居る。「××会社社長」と、名も知らぬ会社の社名を記している男もあった。恩地は苦笑したが、その苦笑が途中でこわばった。

「社長」であれば、たとえ無名の会社であっても、肩書に記すにはおかしくない。だが、どんな大会社にせよ、「専務」や「常務」では、坐りが悪い。事実、署名簿の中に、「社長」は三つ四つあったが、「専務」「常務」を附記したものはなかった。「社長」――それこそが、勤め人として世間に誇らしげに名乗れる唯一の肩書なのだ。

恩地がP紡績の次期社長に擬されてから、すでに数年経つ。だが、社長の清瀬は一向に退く気配がない。恩地が働けば働くほど、その働きに助けられて、安閑と椅子に坐りつづけている。恩地の働きは認め、〈次期社長にはきみを推す〉と、くり返し言った。その言い方には、最初はねぎらいの気持がこもっていたが、近頃では、〈どうせ、会社はきみのものになるのだから、骨折って働くのは当然だ〉と言わんばかりのひびきがこもっている。

融資を背景にN銀行から筧常務はじめ二人の取締役が送りこまれ、社内にN銀行派という強力な派閥ができてから、社長の言葉にはいっそう投げやりな調子が目立った。だが、恩地を推すということについては変りはない。序列からいっても、実力や会社への貢献という点から見ても、専務の恩地が次期社長であることは、誰の眼にも明らかであった。

一度、副社長問題というのが起ったことがある。技師からのたたき上げである桑原常務がまだ存命中のことであった。

社内組織の近代化ということで、副社長を置こうというのだ。銀行筋からの示唆によるものであった。副社長の仕事は資金ぐりや、対金融機関折衝など。といえば、筧常務の登用をねらっての構想であった。

重役会で、恩地は桑原常務とともに強く反対し、非常勤重役たちも最後にそれに同調して、構想は御破算になった。

恩地はいぜん、社長の椅子への最短コースにある。

(おれが社長になっていたら、やはり「社長」と記しただろうか)

恩地は、ややうわの空の気分で頁を繰る。文才のある人が多いのか、それとも、一週間の病院ぐらしで文才がめざめるのか、五七五の感慨がほとんどであった。

「月旅行 したいと人間ドック入り 正義」

という元気のよいのもある。

「老い夫婦　高砂までもと　ドック入り　あや子」

「子等のため　君の手をとり　ドック入り　俊二」

恩地はうらやましく読んだ。敦子が生きていたら、きっと自分にも同じ心境が訪れていたろうと思う。恩地のドック入りは、月旅行のためでも、「高砂までも」のためでもなかった。仕事に追われ、疲れ切って駈けこんできた。胃の重苦しさ、そして、ガンへの不安に居たたまれなくなって飛びこんできたのだ。

「秋さやか　靴音かるく　ドック出づ」

秋空にこだまする高い靴の音が、耳にきこえてくるようであった。診断時の苦痛を訴えるものもあったが、明るい色調には変りはない。一週間の検査を終り、「点検完了・異常なし」と背をたたいて送り出される者の心のはずみがにじみ出ている。

恩地は、気も軽く頁を繰って行ったが、ふいにその眼が釘づけになった。そこにはただ一行、

「やっぱり奇蹟は起らなかった」

という告白があった。即席短歌や俳句の氾濫《はんらん》する中で、七五調に詠みこむ気にはなれない絶望的なものが、その一行から痛いほど噴き上げていた。

恩地はふと、桑原を死の床に見舞ったときのことを思い出した。桑原は恩地を枕

もとに呼び、かすれた声で言った。

〈いいな、きみ、きみは必ず社長になってくれ。筧たちがどんなにあがこうと、順番からいったって、きみの番だ〉

〈……〉

〈ただ、二つだけ注意してくれよ、おれみたいに病気にならぬこと。それから、もう一つは、へまをしないことだ。何でもいいから、へまをやるな。その二つさえ注意すりゃ、社長の椅子はまちがいなくころがりこんでくる〉

桑原は自身の執念をこめるような眼で言った。言われるまでもなく、最近の恩地は慎重であった。会社の経営方針について外部に語ることもなく、大小を問わず新聞記者・新聞屋に会うことを敬遠してきた。重役会ではできるだけ中庸な意見を述べ、銀行派の打ち出してくる企画はよほどのことがなければ、のむことにした。失敗があれば企画者の責任になるという計算もあった。そのため、かえって恩地の力を見限って、銀行派に接近する重役も現われた――。

火曜日。

午前。

胸部のX線撮影につづいて、バリウムをのんで胃の透視と撮影があった。老教授は「六ツ切り」のサイズで撮影したのに、恩地のときには、係りの医者は「六ツ切り」と言いかけてから「四ツ切り」と訂正し、大判の撮影をした。

恩地の心に、不安が一刷毛色濃く塗られた。

午後。

ゴム管を胃袋の底までのみこんで胃液検査。青く着色した水を腹いっぱいにつめ、十五分ずつ区切りを置いてサイフォンで吸い上げる。吸い上げた水は、試験管に入れて並べられる。二本目がうす黄色く変色している他は、のんだままの青い色である。試験管九本を満たして、ようやく、恩地の胃は空になった。

ベッドの上に半身を起した恩地の眼は、部屋の隅に置かれている別の試験管の列を見た。管は三本。三本目は黄色、その前後も菜種色で、表面は泡立っている。

けげんそうにみつめている恩地に、女医が言った。

「伊藤先生の方は、とっくに終っていたんですよ」

伊藤とは、別室の歴史学の老教授のことである。

「終ったというのは？」

「三本吸い上げる間に、すっかり胃がからっぽになってしまったということです」

「からっぽ?」

「つまり、胃にたまった水が、腸の方へはけてしまったわけですの」

「すると、わたしの方は、いつまでも胃にたまっているということですね」

ただの好奇心で見比べていたものが、たちまち不安に包まれる。

「やっぱり胃が悪いんですな」

「……」

「どこかでつかえて、水はけが悪いんだ」

「水はけだなんて」

女医は看護婦と顔を見合わせて笑った。だが、恩地は真剣だった。看護婦が七本目か八本目の採取を終ったときに漏らした言葉を思い出す。

(まだ、ありますのねえ。仲々終りませんこと)

それはゴム管をのんでいる時間の永びくのをいたわる言葉でもあったが、一方では、恩地の胃の機能の異常なのを、問わず語りにしゃべっていたわけだ。

恩地の心は、前日検査を終ったときとは打って変って沈んだものとなった。気をまぎらすため署名簿を開こうとして、はっとしてその手を止めた。あの絶望的な一行が眼に触れるのがこわかった。

そうしたところへ、伊藤教授が顔を出した。

「お茶を入れましたよ。のみに来られませんか」

年齢に似合わず、どこか童心を残した大きな眼で誘う。

「お茶はいいんだそうです。ビタミンCを多量に含んでいるんでして」

恩地は、たぐり寄せられでもしたように腰を上げた。

思想問題で投獄されたこともあるというのに、伊藤教授は明るい性格で、話しぶりにもしゃれっ気があった。病気のこともその口にかかれば、たちまち冗談の種となった。恩地は笑った。笑いながら、お茶のお代りを求めた。

そこへ、看護婦が恩地に面会客があると告げに来た。恩地のドック入りを知っているのは、社長と秘書課長の二人だが、面会謝絶だと言ってある。妻のさかえにも、面会に来るな、入院先は誰にも言うな、とくどく念を押しておいた。それを、いったい、誰が……。

晴れかかった気分をこわされ、恩地はふきげんな顔で廊下に出た。

ドアのすぐ先に、猫背の大きな男が立っていた。小さな業界新聞をやっている山村であった。見てはいけないものが入ってきた感じである。恩地は思わずあたりをうかがうような眼になってから、

「やあ、きみなのか」

ふきげんさを隠さずに言い、すばやく山村を部屋に入れた。人目についてはまずい。

向い合って腰を下ろすと、山村は両手に果物籠をさげて、テーブルの上に置いた。「御見舞　山村」と書いたノシがつけてある。

「やあ、どうも」

恩地は短く言ってから、

「きみ、いったい、どうしてここに」

「それより専務こそ、何故また人間ドックなどへ入る気持になったんです」

小さな眼をずるそうにまたたかせて言う。

「どこが悪いんですか」

「どうも胃がさっぱりしないんだ」

「ああ、胃がね。以前から、胃が重いとは言ってましたな」

「…………」

「けど、胃が重いぐらいで……」

「いや、永い間、体を無理してきたんで、ここらで一応、詳しく診断してもらうことも必要だと思ってね」

　山村は、煙草をとり出し、火をつけた。一服吸ってから、

「吸っても構わんでしょうね」

　恩地はうなずかざるを得なかった。

「しかしねえ、専務。その程度のことで入るのはゼイタクですよ」

「ゼイタク？」

　思いがけぬ言葉に、恩地はにが笑いし、

「山村君。きみも知っているように、ぼくは二十年、いや、三十年このかた、何ひとつゼイタクらしいことをしたおぼえはない。せめて、これぐらいのゼイタクは許してくれてもいいじゃないか」

　山村は太い首をはずみをつけて振って、

「そりゃ、構いませんよ」

　そう言ってから、下唇にはりついた煙草の葉をはがし、

「しかし、まずいなあ」

「まずいとは？」

「ともかく、現役でバリバリの専務が、病気でもないのに入院するということ、そ

のことだ」

「入院じゃない。ドック入りだ」

「外から見りゃ、同じことですよ」

「どう見られようと構わんじゃないか。ぼくはともかく自分の体がかわいい。仮に病気でないとしても、せめて一週間ぐらい、ぼんやり病気で憩《いこ》わせてくれよ」

山村は、二度三度とうなずいてから、上眼づかいで恩地を見、

「しかしね、専務。いまになっては手おくれだが、やはり、ドック入りはまずかったね」

「何がまずいんだ」

「ドックに入らなくちゃならない体だということで、敵に弱みを見せたことになる。敵前旋回だ。さあ撃ってくれと背中を見せたようなものだ」

「きみが何を言っているのかさっぱりわからん」

「忠告ですよ。野獣どもが虎視《こし》眈眈《たんたん》としているときに、うっかり弱みを見せてはおしまいだということ。専務が休むのを待ってる人はいませんかというんだ」

恩地は黙った。

社長の清瀬が妙な話を持ち出したことがある。

〈きみ、一度、ゆっくり休養する気はないかね〉

〈どういう意味です〉

　恩地がきっとして訊き返すと、清瀬は眼をそらし、

〈考えてみれば、きみは米原工場以来ずっと第一線で働き通した。どんな人間だって激職の連続ということはよくない〉

〈激職といえば、社長こそ……〉

〈いや、ぼくはただ椅子に坐っているだけだ。ぼくは得な性分で坐ってるだけでみんながやってくれる。あの軍需指定のときだって、全くきみが働いてくれたおかげだ。いまだって、ぼくは十分、クラブを握る時間があるからね。ところが、きみは相変らず……〉

〈休むというと、わたしを閑職に？〉

〈うん。一、二年、専務の仕事を休んでみたらどうかと……。これは、純粋にきみの体のことを思って考えてみたんだ〉

〈………〉

〈きみはこれからの人だ。それに、いまの中なら、きみが十分、休養をとり終るまで、わしががんばって見ていることもできるからね〉

恩地はいまいましさを噛み殺して訊いた。

〈その間、専務の椅子はどうするんです〉

〈もちろん、空席にしておくよ〉

清瀬はすかさず言った。まるで用意していたような答え方に、恩地はますます疑惑を深めた。専務空席のまま、常務が社長へ昇格するということも考えられる。

恩地が居ないところでは、どんな策謀がめぐらされているかも知れぬ。

ドック入りということは、なるほど、彼等には病気の口実を与えるかも知れぬ。

それがこわくて、ここまで延ばしてもきたのだ。

それにもっといけないのは、眼の前の山村のような男が舞いこんできたことだ。

面会謝絶と触れこんでおいて、あやしげな業界新聞屋と話しこんでいては——。

山村は、部屋の中をじろじろ見廻していた。(病室と変りないじゃないか)という眼つきであった。

恩地は山村を追いたてる言葉を考えていた。眼がしだいにきびしくなる。その眼に、山村の視線が合った。

山村はいたずらっぽく笑い、

「今週中に重役会が開かれることを知ってますか」

恩地はおどろいた。からかわれているのかと思った。

「まさか。定例役員会がすんだばかりだ。それに、緊急な議題は何もない」

「そうでしょう。そう思うでしょう」

「…………」

「まあ、そうしておくとしよう。いまさら、どうしたって……」

思わせぶりなその言い方に、恩地はたまりかねて、

「御見舞いはありがたいんだが、実をいえば、ここは面会謝絶ということになっている」

「そうですってねえ」

やにの浮いた歯を見せ、うす笑いをやめない。

「きみは、どうしてここのことを知ったんだ」

仕方なく恩地は、最初の質問を蒸し返す。

「そりゃ、商売がら、地獄耳だ。お世話になった専務ひとりの行く先を嗅ぎ当てることぐらい、わけないいな」

「誰から訊いたんだ」

「…………」

「会社で訊いたか」

山村は、笑ったまま答えない。

秘書課長から訊き出すことは考えられない。秘密を秘密として守り通すところに、秘書課長の職分があるからだ。また、社長から訊き出すことも不可能であった。山村風情《ふぜい》の新聞屋では、直接、清瀬社長と言葉を交わす機会はまず無い。

すると、残りは一つ、妻のさかえの口からだけである。十年前、さかえは西銀座のバーのやとわれマダムをしていた。そのころ恩地は、資材割当てのため通産省工作に奔走していたが、一週間に八日は顔を見せるという役人たちの接待のため、気心の知れたバーをつかんでおくことがぜひ必要であった。

さかえと親しくなったのは、そうした工作に力を借りるようになってからである。さかえは、いわゆる通産省銀座の常連の一人になって、役所にも出かけてくれた。汚職事件が起ったときには、五日間留置もされた。女ながらに意地を張って、口を割らなかった。

妻を失って五年経っており、恩地の肉体もまだ若く、さかえも三十を過ぎたところで、なやましい美しさがあった。だが二人が結ばれたのは、男と女のひきつけ合いということ以外に、そうした恩義めいたものに心をとらえられたためでもある。

恩地の身分や将来を思って、さかえをそのまま二号にしておくようにと幾人かから忠告されたが、恩地はさかえとの結婚に踏み切った。それが、男として潔癖な道だと信じて。

そして、潔癖の代償を、後々までも払わせられることになった。

さかえは、「ざあます」夫人たちの中で、重役の妻としてのおさまりの悪さを感じた。それはねじれた劣等感となり、自らを高めようとするよりも、いやしめ、欲情のみに強い女ともなった。

さらに、さかえには古いつき合いや客仲間があり、いつまでも影のように尾を引いて廻った。それをさかえから切り離すためには、恩地が相手になってやらねばならない。

こうして恩地は、不本意な友人を幾人か持つことになった。業界新聞の山村もその一人であった。

それ以上、山村を追いつめることは、自分の首をしめることになる。さかえへの憤りと心の中で闘いながら、恩地はできるだけ言葉少なに山村の相手をする他はなかった。

煙草の煙を吹き上げ、歯を見せて笑い、部屋の空気を思うままにみだして、一時間ほど後、ようやく山村は立ち去った。

夕食はすっかり冷え切ってしまい、気分の重さも手伝って、恩地は三分の一ほど食べて箸を置いた。

水曜日。

午前九時。

両腕の六カ所に看護婦が注射した。何のための注射かと訊《たず》ねると、

「M・C・R反応です」

看護婦はそれだけ言って背を向けた。恩地は、別に気にもとめなかった。

そこへ突然、靴の音がし、秘書課長の長谷川が入ってきたからだ。ドアが開いた瞬間、香水のにおいがしたので、女かと思った。出勤前らしく、手入れの行き届いた髪、白いカラー、きちんと結んだ蝶ネクタイ、すべてが光沢を朝陽と競い合うようにまばゆい。

長谷川は、いつものように十五度の傾斜に体を倒し、

「早朝から御邪魔いたして申訳ありません」

ベッドに寝ころんだままだった恩地は、おどろいて起き上り、

「きみ、ここへは面会には」

「はあ、存じております。しかし、どうしても御報告しなくてはならぬことができましたので。……そこの医局で、女医先生にも御了解を得ました」

恩地は、寝巻のすそを直しながら、肘掛椅子に移った。ものうく、長谷川にも椅子をすすめ、

「どんな報告かは知らんが、この一週間だけは解放して欲しかったね。ようやく会社のことを忘れかけていたところだ」

口調もぐちっぽくなる。

「それはもちろんのことです。社長はじめ皆さん、この一週間は専務に一切、気づかいはさせまいと……」

「それなら、きみ、何もわざわざ……」

「社長から、一度ぐらいはお見舞いに行くようにと言われておりましたし、それに、このことだけは、やはり、一応はお耳に通しておかないといけないと思いまして」

恩地は、ふっと前日の山村の話を思い浮かべた。

「何か会議のことかい」

長谷川は、はじかれたように背を立て直し、

「はあ、御存知なのですか」

「……」

「明日午後三時から、重役会が開かれることになりましたもので」

「急な議題でも持ち上ったのかね」

「それほど急ということでは。御承知のように、最近、繊維市況が混沌としております。そのための緊急対策を協議するということで」

「ばかな。何をいまさら……」

「はい」

「協議したところでどうにもなるものじゃない」

長谷川は恐縮したように頭を下げ、

「そうなんです。専務の仰言る通りなんです」

そう言ってから、笑いを浮かべ、

「ただ、株主総会が迫っております。その手前、ここで重役陣が手をこまぬいて市況を見送ったというよりも、一度は緊急重役会を開いて対策を協議した方が、通りがいいというので」

「子供だましみたいなことを」

「そうなんですが、二、三、大株主や総会屋さん筋から、そういう申し出があったものですから」

「株主の誰だい」

「それは、ごかんべんを」

「何だって」

恩地は気色ばんで言った。その剣幕に、看護婦が眼をみはって、恩地を見る。

「専務のぼくに言えないというのか」

「はあ」

長谷川は、上眼づかいに恩地を見ながら首をすくめた。

看護婦が居るから言えないのかとも思ったのだが、突然の重役会招集といい、株主の名をかくすことといい、恩地は急に自分が軽視され出したようで腹の虫が納まらない。と同時に、恩地はそのときはじめて、ドック入りをはげしく後悔した。胸の肉が痛み出すような思いがした。

副社長問題では一歩後退したけれども、筧ら銀行派は、生産性本部の講習会や経営セミナーなどにも進んで参加し、帰ると、生産協議会とかミドル・マネジメントなどというものをやり出した。どれも永続きはしなかったが、意外なほど社内の受けはよかった。学校の生徒でもあるまいにと、恩地はそうした試みをまともに評価する気にさえなれなかった。

寛らはやがて金融機関・保険会社・証券会社の首脳部を招いて、一種の御意見拝聴の会のようなものをやり出した。小人数でもばかにならぬ金がかかった。

だが、株価維持のためにも、また買占めなどの非常事態に備えるためにも、平素から大株主工作をしてかからなければならぬといわれれば、反対する余地はなかった。恩地は、いそがしいからと顔を出さず、清瀬や寛に任せた。そして、それがいつの間にか、会社のための大株主工作というより、寛派のための工作に変りはじめているのに気づいても、恩地の気質としては、いまさらどうすることもできなかった。

ただ、桑原も言っていたように、へまをやらぬよう、病気にならぬようにして、順番の来るのを待つばかりであった。

自分の留守中、自分の預り知らぬ重役会が、誰か知らぬ者の手も加えて企画されつつあるというのは、考えようによってはただごとではない。しかし、いまとなって恩地にできるのは、事態をできるだけ小さなものに見ることだけである――。

「その程度の会議なら、ぼくが居なくても構わんだろう」

恩地は、長谷川に押しつけるように言った。

「もちろんです。ただ、形式上からも、一応は御連絡しておこうと思いまして。後で問題が起っても困りますから」

長谷川は一息に言ったが、その終りの言葉に、恩地はまたひっかかった。そこには挑みかかるようなものがあったのだ。

「問題？　いったい、そりゃ、どういうことだね」

「いえ、別に……」

長谷川は、あわてて手を泳がせ、顔中に笑いを浮かべた。うろたえていた。だが、それには、意識してうろたえるようなわざとらしさがあった。

恩地は不自然なものを感じ、腕組みして長谷川の顔を見直した。

そのとき、ノックの音がした。

「はい」

恩地と長谷川と看護婦の三人が、同時に声を出した。皆が気まずさから逃れようとしていたのだろうか。

エプロン姿の少女が、懸崖につくった白菊の鉢を抱えて入ってきた。近くの花屋で注文してきたのだろう。

「ごくろう」

長谷川はぶっきらぼうに言って、受けとった。少女はその勢いに圧され、黙礼すると、いそいで立ち去った。

看護婦も思いついたように、その後を追って部屋を出て行った。

長谷川は、鉢をベッドの脇机に持って行こうとしたが、そこに大きな果物籠のあるのを見て、二人の間のテーブルの上に置き直した。

「やあ、ありがとう」

礼を言いながらも、恩地はいやな気がした。恩地は、病気見舞いに白い花はきらいであった。子供のころ、入院している姉に白い大きな花束を届けた見舞客があった。それが何の花かは知らない。ただ、恩地の母が「縁起でもない」とひどく腹を立て、恩地に捨てに行かせたことをおぼえている。姉がその病院で死んだので、印象が強かった。

見舞いに行くとき、恩地は自分が白い花を持たぬのはもちろん、細心なほど、その病室の花に気をつけた。白い花があれば、すぐにでも別の大きな花束を送りつけて、とり代えさせるように仕向けた。

白い花ぎらいということについては、長谷川に話したおぼえがある。頭のいい男だから、忘れたはずはない。それなのに、なぜ不吉な鉢を……。

　恩地は不快さをこらえて、鉢を見下ろしていた。数え切れないほどの小さな白菊の花が、二人の間に無心にかおっている。

「おや、あの見舞いは山村からなんですね」

　長谷川は、珍しい獲物でも見つけたように言った。

　恩地は、はっとした。果物籠を片づけておけばよかったと後悔する。業界新聞の山村が病室にまで来ていたということは、誤解を招きかねない。

　答えない恩地に、長谷川は重ねて、

「山村が見舞いに来たのですか」

「うん」

　恩地は、口重く言った。

「よくここがわかりましたね」

　形勢が逆転しそうである。

「きみが教えたんじゃないか」

　恩地は、巻き返すように言った。

「滅相もない。そりゃ、専務と山村との間は知っております。しかし、この入院先のことについては絶対他言しておりません」

恩地はそれ以上の追求をやめた。火が足もとについてくる。

長谷川は値ぶみでもするように、なお籠を見つめていたが、ふいに唇を歪《ゆが》めて笑うと、

「ははあ。先生、エビでタイを釣るつもりなんですね」

「エビでタイ？」

「そうですよ。専務、ご存知ないんですか。彼の自慢話を」

「………」

「Q公社の総裁、その妾腹の子というのが、少々ここがおかしいんです」

長谷川は、指で頭に渦を巻き、

「花柳界上りの女に生ませたのですし、それに、総裁自身もよく遊んだ人だから、おそらくは妙な病気の遺伝じゃないかと言われてるんです。総裁は、けんめいになってそれを隠し、どこか沼津あたりの精神病院へ入れていたんですな。それを山村がかぎつけて、見舞いに行ったのですよ。もちろん、病気の御本人に会ったところで意味が通じやしません。見舞品に名をつけたのはもちろん、医師や看護婦にまで名刺を配って帰ってきたわけです。

その報らせを受けて、総裁は飛び上っておどろきましたね。早速、お見舞いの返礼を持って行かせたのです。何を持って行ったと思います。……銀座の名店街のクレジット・カードですよ。つまり、そのカード一枚あれば、銀座でどんなものをどれほど買おうと鐚《びた》一文払わなくてすむというカードです」

恩地には初耳の話であった。

「山村はカステラ一折り持って行っただけらしいが、返礼はおそらく何十万につくでしょう。世界中でそれほど高いカステラはなかろうという評判でした。もっとも、その子はまもなく亡くなったので、総裁も二度と高価なカステラをもらう心配はなくなりましたがね」

恩地は、山村の職業を好かない。だが、山村自身にはどことなくにくめないものを感じる。ずるい立ち廻りもするが、抜けているところもある。

おそらく山村は、はじめからそうした高価なカステラを売りつけようと思ったわけでもないだろう。ときどき、いろんな思いつき、ひょんな行動をして、思わぬひろいものをしているのだ。

それにしても自分の場合、山村はなぜ見舞いにやってきたのだろうか。

恩地は知らず識らずおびえた眼になって、果物籠を見直していた。大きいけれども、つめものが多く、並んでいるのは安く貧弱な果物が多い。これがエビとすれば、彼がつり上げようとねらうタイは何なのだろうか。それとも、ただの善意の見舞いととってよいのか。

恩地が思い迷っているのを眼のふちで眺めて、長谷川は腰を上げた。

「それでは専務の御了解を得たことにして、明日の重役会を開きます」

恩地はうなずいて送り出す他はなかった。

午後一時。

おそろしい宣告を聞かされた。水島女医が大股で入ってくると、

「腕を拝見」

と言った。

恩地は朝の注射のことを思い出し、寝巻の両袖をたくし上げた。三カ所、桜色の大きな円ができている。

「あらあ、大きく出ましたわね」

女医は高い声を立てた。

「出た？　反応が出たのですか」

「はい、出ましたよ。明るい方へ手を……。じっとして」

やわらかな指で皮膚をのばし、マイクロメーターで丹念に計測する。

「おまけしたいのですがねえ」

「………」

「やっぱり陽性ですわ」

「何が陽性です。反応が出たというのはどういうことなんです」

女医は、はじめて困ったような顔になった。恩地がくり返し訊ねると、

「ガンの反応です」

「ガン？　それじゃ、ガンの疑いが……」

「大いにあるというわけですわ」

午後五時。

一人で病室にじっとしているのに耐えられず、セーター姿で病院のまわりの散歩に出た。面会や飲食は禁じられているが、散歩程度の外出は構わないとのことである。

病院の玄関では、アンチャン風の若い夫を、ネグリジェに羽織をひっかけた妊婦が送り出していた。二人とも、ガンにも死にも一生、無縁のような顔をして。

バス停近くの小さな本屋の店先に、夕刊が並んでいた。別に読みたくもなかった

が、二通り買い、手に持ったまま歩いて行く。

病院をめぐる高い石垣を蔽《おお》って、蔦《つた》がたれ下っている。それは、眼を射るように猛々《たけだけ》しい暗緑色をしていた。生命のたくましさを押しつけてくるようであった。恩地は眼を伏せて歩いた。

行きどまりの道で車が通らないためか、近くの身体障害者の福祉施設から、松葉杖をついた少女や手押車にのった青年が溢《あふ》れ出て練習している。車輪のきしむ音にまじって、笑い声が散る。手足はなくとも可憐であり、少しも不幸に見えない。

道を折れると、古い住宅街に迷いこんだ。三輪車に乗って子供たちが遊んでいる。莚《むしろ》を敷いてママゴト遊びをしている女の子の一群もあった。

恩地は娘のキヌ子のことを思った。孫ほど年がちがうためあまりなつかない。言い争いの度に、さかえが手もとにひきつけるせいもある。だが、そうしたキヌ子にとっても、父親のないことは、淋しい半生を約束することになるにちがいない。

自分の亡き後、さかえはどうしてキヌ子とくらして行くであろうか。次期社長と目された功労者の死である。清瀬社長も秘書課長も、面倒をみてくれるかも知れない。だが、それは当座のことだ。山村たちが出入りしていろいろチエをつけるだろうが、利殖だけで食べて行くだけの力はない。それに、十年前の世界に戻るには、さかえは老け過ぎてしまっている——。

午後七時。

高台にある病室の窓からは、灯の海となった東京の下町が見渡せた。宝石の屑をちりばめたような黒い海のはてに、小さなトウモロコシを並べたように琺瑯質《ほうろうしつ》の光を放っているのは、後楽園の照明灯だ。その上空がすき透ったレモン色に染まっている。

近くの銭湯の煙突から黒い煙がゆっくり上り、そのレモンの半円ににじんで行く。眼下の家の窓が開き、電気が消え、戸が閉まり……人生が無数に無限に続いて行く。恩地ひとりが、その人生から、高い彼岸に打ち上げられようとしていた。

木曜日。

午前六時。

一晩中、眠れなかった。絶望的な夢は、これまで何度も見た。だが、うなされて起きればそれまでだった。それと同じ悪夢ではないかと、頰をつねってみる。熱したままの頭に遠くを走る電車の音が聞えた。

恩地は身ぶるいしながら、前夜の夕刊の記事を思い出す。明治初年来動きつづけた京都の市電が、スクラップ寸前、買手が殺到し、博物館や好事家たちにひきとられて行ったという話。電車さえ生き続けている。部品をとり代え修理さえすれば、生命を失うということはないのだ。不治というのは、ただ人間だけ、そして、恩地の眼の前にだけある。

胃も重苦しく、朝の体温は三十七度に上っていた。結核患者の病棟に、鳩の群が寄っている。パン屑なのか、白い粉をふりまいている男が見える。

やがて、満腹した一番《ひとつがい》の鳩が、屋根の上で追いつ追われつの求愛をはじめた。胸毛をふくらませ、頭をぐるぐるふり廻し、威厳と自信に満ちて雌を追う雄鳩。

トウフ屋のラッパがきこえた。

恩地は重い体を起した。脇机の上から果物籠を下ろし、衝立《ついたて》の蔭の眼に触れないところに移す。それから、白菊の鉢をとった。

窓に寄る。投げ落したかった。片手だけでは不安になり、両手でつかんでいる中に、鉢が掌の中で鳴り出した。

午後三時。

午前も午後も、気分の晴れぬことばかり続いていた。歯科の検査では、診察台のすぐ横にフォルマリンづけの標本があり、何の気なしに訊ねてみると、

「ガンのため切りとった下顎ですよ」

「とれば治るんですか」

　せきこんで訊く恩地に、歯科医は顔を外《そら》せ、

「とるより仕方がなかったんですね」

　恩地はそれ以上問う勇気はなかった。下顎骨だけフォルマリンの中に残し、その人がもはや世にないことを感じた。

　神経科の検査では、頸動脈を押えて、失神のテストもあった。伊藤教授が十二秒で失神したのに、恩地は十五秒経っても、まだ意識があった。

「頭脳の方はずいぶん御壮健ですね」

　神経科医は、そう言ってから、カルテの綴《と》じこみを繰った。

「他の科の結果はどうでした」

「ガンの疑いがあると……」

「まさか」

「いや、M・C・R反応が陽性に出たのです」

「ほう、M・C・Rが出ましたか」

　神経科医はおどろいたように、カルテを繰り直した。

うであった。

「なるほど」

嘆息とともに言った。正直な医者らしく、とっさに続ける言葉が考えられないようであった。

恩地は黙礼してひき退った。

その日の予定の検査を終り、部屋に戻って肘掛椅子に腰を下ろしたとたん、看護婦が駈けこんできた。何か忘れ物かとふり返ると、電話とのこと。恩地は舌打ちして、腰を上げた。看護婦詰所の電話口に立つ。

「もしもし」

「あ、山村ですが」

電話も一切ことわってあるのにと、腹立たしさをこらえ、

「一昨日はどうも」

山村はそれには答えず、耳もとに鳴るような声で、

「専務、たいへんですぜ。今日の重役会は、あんたの平取締への格下げが議題だそうだ」

「何だって」

「専務が入院しているすきに、緊急重役会を開いて一気にきめてしまおうというん

だ」

　恩地は信じられなかった。

「うそじゃない。秘書課長から専務に議題の報告はなかったんですか」

「ああ、市況対策だと言っていた」

「市況対策？　そんな問題を二日三日を争って論ずる必要はないはず。どうせ、形式だけの会議だ。あなたの退院はわかってることだから、来週早々にでもやればいい。それをわざわざ入院中を見こんでやる。くさいと思わなくちゃ」

「………」

「専務。これまではあんたの次期社長説が通り相場だった。ところで通り相場ほどあてにならぬものはない。筧常務はじめ銀行派の連中は、金をバックにやりまくっていたからね。専務だって、うすうすそれに気づいていながら、潔癖過ぎたね。いや相場を信用し過ぎたんだ。

　それに清瀬社長。あのじいさん、口はうまいが、仲々、欲も深い。社長を退いたら、会長に納まりたい。ところが、会長職を置くかどうかは、いまの情勢ではN銀の鼻息ひとつにかかっている。わが身が可愛ければ、自分の後釜には、N銀派の常務をと計算する。たとえ、社の内外から批判が出るとしても、そんなことより、眼の先の栄達や保身を誰でも考える。幸い、あんたは病院だ。そこで、この緊急重役会というわけだ」

山村は、乱暴だが、熱のこもった口調でしゃべりつづける。

「取締役会の総意ということで、あんたに平取締に下ってもらい、筧常務が専務に昇格する。理由は簡単だ。あんたが病弱のようだから、この辺で一応劇務を離れて休養してもらおうというのだ。あんたの人間ドック入りは、その意味では、先方にとって、正に一石二鳥だったわけさ。社長はじめ役員諸公が、専務のドック入りをすすめたわけだよ」

看護婦たちの眼も忘れ、恩地は受話器にしがみついた。

「きみは何を証拠にそんなことを……」

「証拠？　疑っちゃ困るな。……しかし、証拠が欲しけりゃ、藤田や兵頭《ひょうどう》に電話をかけてみることだ」

藤田は紡績業界の長老、兵頭は保険会社の社長、いずれも非常勤重役の大物である。

「藤田さんや兵頭さんが出席するのか」

恩地の声はかすれた。

「そう。非常勤重役までかり集めてやるのだ。ただの市況対策なら、彼等にまで出馬を願うことはない。役員人事、それも極めて重要な役員人事だから集まるんだ」

「重役会は……」

「三時からだ。もうはじまっている」

恩地はいつの間に電話が切れたのか知らなかった。気づいたときには、夢中で保険会社のダイヤルを廻していた。電話口に出た社長秘書は、恩地が会社から催促してきたかと思い、いまそちらへ向って出かけたところだと答えた。

病室に戻った。また、ひとりの時間がはじまる。静かに孤独を味わう気分は、微《み》塵《じん》もなかった。ひとりであることが、いまはおそろしく、腹立たしかった。

いつか、こうした罠《わな》にはめこまれる気がしないでもなかった。だが、これほど辛抱強く、そして、善意に装われて仕掛けられようとは。

しかし後になって知ったのだが、罠はまだまだ奥深く、恩地を二重にくわえこもうと、口をあけて待っていたのだ。

恩地は、背広に着替えた。ネクタイをしめるとき鏡に映った顔は、蒼白に冴えていた。

病院の玄関口でタクシーをひろい、丸の内の会社の位置を言う。車はやかましいエンジンの音を立てて走った。酷使し抜いた車体であった。ドアの立てつけもゆるみ、ゆれる度に、ルーム・ランプが点滅する。それは、恩地自身を象徴しているようでもあった。恩地はいらいらして頭を抱えこみ、震動に耐えた。

会議室に入ろうとする手前で、秘書課長の長谷川に行き会った。

長谷川は、あっ、と言ったまま棒立ちになったが、遮ろうとはしなかった。恩地はそのことに疑いを抱く余裕もなく、会議室へ、待ち構えている罠の中へ、落ちこんで行った。

ドアを開けると、十人近い重役たちがいっせいに恩地の顔を見た。笑いながら何かしゃべっていた清瀬社長が、はじかれたように立った。

「専務、いったいどうしたんだ」

「緊急役員会だから、駈けつけたんです」

「しかし、あなたは入院中なんでしょう」

「構いません。この通り、やって来たんです」

清瀬は神経痛にでもかかったように顔をふるわせ、壁の電気時計を見た。三時四十分であった。

「……もう議題は片づいてしまったんだ」

横から、保険会社の兵頭社長が声をかけた。

「恩地君、体の具合はどうなんだね」

病人に向ける眼差しであった。恩地は黙礼してから、清瀬に向き直り、

「議題は市況対策だけでしたか」

重役たちの間に私語が起った。清瀬は立ったまま咳ばらいし、すくいを求めるように筧常務を見たが、筧は顔をそむけた。

「何がきまったんです」

「いろいろあるが、きみに関したことが一つある」

「何ですか」

「……申し上げよう。一度、以前にも言ったことがあるが、きみには負担をかけ過ぎた。体をこわされては何にもならん。ここらで一時、劇務を離れて休んでもらおうかということになった」

山村の電話通りであった。あまりにも、その言葉通りなので、恩地の口もとには思わず笑いがにじんだ。

その冷やかな笑いをたたえたまま、恩地は一座を見廻して言った。

「よけいな御心配をおかけしました。だが、わたしはやります。劇務だろうが何だ

ろうが……。わたしの体のことは、誰よりもわたし自身が知っています。そのわたしが申し出たわけでもないのに」

「しかし、あなたの気性じゃ、それこそぶっ倒れるまでそうした申し出をしないだろう。わたしたちの眼に、専務の疲れ方は尋常ではない。それなのに、専務は休もうともしない。なるほどそれはあなたの自由かも知れん。しかし、専務というポストの重要さから見れば、もう少し自重自愛してほしい」

清瀬は片手を前に出し、恩地を制しながら続けた。

「人間ドック入りは、その意味ではあなたのためにも、会社のためにも、一つのプラスだ。これを機会に十分、体をいたわってもらい、長い眼で会社の発展を見守ってもらおうということになった。わたしの意見じゃない。皆さんの御意見なんだ」

恩地はあらためて重役たちを見廻した。どの顔もゴルフ灼けし、陽光を求めて走り出して行きそうな精気をはらんでいる。ドア近くで突っ立っている恩地ひとりが貧しく痩せていた。

「折角の御好意ですが、わたしにはお受けできません。議事を白紙に戻して頂きたい」

「しかし、きみ、この会議は適法だし、もう議事録にものってしまったことだ」

なだめるように言う清瀬にはとり合わず、恩地は一つ一つの顔を順次に見すえながら言った。

「皆さんは、わたしが不適任だとでも仰言るのですか。わたしよりも、筧君の方がはるかに適任だとでも……」

「……」

「わたしはけんめいにやってきた。何も彼も会社のために投げ出して」

何も彼もという言葉の中には、敦子との短く無残な生活だけでなく、さかえのこともふくまれていた。良妻とはいえないさかえを抱えこみ、一生、不本意な夫婦生活を送るのも、もとはと言えば会社のためなのだ。おれは家庭生活まで、会社のために捧げて、走り続けてきた。酷使に酷使を重ね、そして、とうとうガンに。生命をほろぼすまで、おれは会社のためにつくしてきた。それなのに――。

恩地は、自分の心の中に矛盾した気持が働いているのに気づいていた。死に至る病なら、少しでも永く静かに人生をたのしみたいという気持と、どうせ死ぬものなら、一日でも早く社長の椅子につきたいという欲望である。潰《つぶ》されてみて、恩地はその欲望の強さを思い知らされた。

恩地は、咳払いだけきこえる部屋の中で声を励まして続けた。

「わたしは会社のためにだけ生きてきたつもりです。そのわたしを……」

いったん坐った社長が中腰になり、

「しかし、会社のために尽くしたという点では、ここに居られる誰もが同じなんだ」

銀行派の重役が筧常務に何かささやき、顔を見合わせて小さく笑った。それを見たとき、恩地は完全に逆上した。永年の鬱憤《うっぷん》が爆発した。

すべてを洗いざらいたたきつけ、その一瞬一瞬のはげしい快感に酔い痴れたい気持であった。

恩地は、筧常務をにらみすえて言った。

「わたしの申したことがおかしいんですか。わたしは真剣にお話し申し上げている。それなのにあなたは何を笑われるんです」

清瀬社長は手を泳がせ、

「常務に向ってそんな言い方は……」

恩地は血走った眼を社長に向けた。

「社長こそ、どうして銀行の連中に遠慮されるんです。遠慮する余り、わたしを推挙下さるという約束はどうなってしまったんです」

「それは、あなたの体を思って……」

「わたしの体がどうしたというんです」

「……」

「社長がそうした御気持なら、わたしも申し上げましょう。社長は会社のためだけを思って、この重役会を開かれたのですか」

「あたりまえだ。ぼくは会社のため以外、これっぽっちも、自分のことは考えていやせん」

しなびた指先をふるわせて言う。

「ほんとですか」

「ほんとうだとも。わしは会社のためばかり思って……」

清瀬社長は息を切らし、

「あなたはゴルフのことでも言いたいのか」

恩地はその顔に浴びせかけた。

「なるほど、ゴルフも会社のためでしょう。それは問わないことにします。……だが、たとえば、あの失権株の問題はどうしたというんです」

頭をかすめた言葉を口走った。それはただの偶然ではなかった。恩地の心の底にいつも清瀬への不信感を宿らせている問題である。思いがけぬ言葉のやりとりで、その不信感の袋がほころび、問題が奔《はし》り出てきたという感じであった。

清瀬は顔色を変えた。

「専務、何をいまさら……」

恩地は黙った。口走ったことを後悔した。たとえ内輪の会議でも、口外すべき性質のものではない。だが、長老格の藤田がふきげんな声でうながしてきた。

「それは、どういうことだね」

「………」

「話したまえ。言いかけてやめたんでは、清瀬君の立場がなくなる」

「……五年前の増資のとき、応募が足らず、失権株が十万近く出たのです。やむなく、会社の金を操作し、架空の名義で埋めておきました。ところがあの好景気のさなか、社長は株高に乗じてそれを売り払い、全部自分の……。あれもまた会社のためでしょうか」

「………」

「もし、あくまで会社のためと仰言るのなら、背任や業務上横領に該当しないかどうか、法廷で黒白を争っても構いません」

保険会社の兵頭が、ようやく腰を浮かせて中に入った。

「いったいどうしたことだね。今日のあなたはまるで別人だ。むちゃなことばかり口走るじゃないか」

恩地は、体中の力がぬけるのを感じながら、答えた。

「どうにかならないのがふしぎです」

「………」

「この陰謀です。それに、わたしは胃ガンとわかりました」

一座はさすがにしんとした。

「まさか、あなた」

兵頭はそう言ってから思いついたように、

「たとえガンだとしても、医者は当人にガンと言うはずはない」

恩地は空間に女医の水島の眉の太い顔を思い浮かべながら、

「ざっくばらんな医者でしてね。はっきり言ってくれました」

ふるえる足を踏みこたえて言った。


土曜日。

午前八時。

恩地は眠り足らぬ体を横たえていた。鳩が窓ぎわに舞い下りた気配であったが、顔を起して見る気力もなかった。

前日の午後には、検査に当った各科の医者が集まって、最終の診断会議があった様子。その結果について、恩地は女医に訊ねてみた。

「ひどく悪い成績だったろうね」

女医は、

「まあね」

と笑った。(それほど悪くはない)とは、ついに言わなかった。

女医の顔はすでに敦子とは遠いものになっていた。だが、それはそれでよかった。死という車に乗って敦子の世界が急速に近づいてくる気配に、恩地ははじめて感傷から覚めた。その世界から、一歩でも、一日でも、逃げのびたい――。

看護婦にも訊ねてみた。無口な彼女は、笑って何も言おうとしない。

「落第点なんだね」

恩地が問いつめると、ようやく、

「落第ということはありませんわ、一応」

金歯をのぞかせて、苦しそうに笑った。一応——正直につけ足したその言葉がいつまでも心にくいこんだ。

重役会での発言の一つ一つも、記憶によみがえってきて、恩地を寝苦しくさせた。たしかに失言だったが、しかし、一時の激昂とだけは言い切れぬものがあった。永い間積み重ねてきたものが、機を見て溢れ出した感じである。

会社は生涯をあずける古巣ではなくなった。そして、家庭もまた古巣ではない。帰るべき先を持たず、ただ死の手に空からさらわれるのを待って宙吊りになっている状態——それが恩地の姿であった。

荒々しい靴音がまっすぐ恩地の病室に近づいてきた。検温はすでに終っており、女医たちの来る時間には早い。誰だろうと身構えたとき、ノックもせず、いきなりドアが開いた。みだれた髪、革ジャンパー——山村であった。

「きみはまた何だって」

恩地は思わずどなりつけた。思いがけぬ不幸を次々に運び入れてくる男。この男の乱入とともに、不幸ははじまったのだ。重役会も、ガンも、まるでこの男の暗い影に誘いこまれるようにやってきた。その上、今朝も早くから何を運んできたというのだ。

恩地はけわしい眼でにらんだ。無精ひげの中で山村は笑った。

「この近くの印刷所からの帰りです。昨夜徹夜で刷らせたんでね。ぜひ、専務の眼にも入れたいと思って」

ジャンパーのポケットから、印刷インクが手に染みそうなタブロイド判の業界新聞を抜き出した。恩地の手に、押しつける。

「何だい、いったい」

ふきげんに言って、そのトップの見出しを見たとき、恩地はうめき声を立てた。

「P紡績重役会での内紛

恩地専務が社長を告訴か」

恩地は、拳をふるわせて言った。

「きみ、これはどうしたんだ」

「図星でしょう」

山村は肘掛椅子に腰を下ろした。うす笑いしながら、煙草を口にくわえる。

恩地はベッドを下り、向い合った椅子にすべりこんだ。山村の口から、煙草をむしりとってやりたかった。

「誰からこんなことを……」

「さあ、誰でしょうな」

山村は、わざとずるそうな眼で恩地を見、

「おそらく、この記事で傷つくお二方、社長さんでも恩地さんからでもありますまい」

「すると……」

「おれたちは機を見るに敏、いつも、新しい主流派へとつくものだ。それが、おれたちの処世術だからね。いや、おれたちだけじゃあるまい。たいていの眼のある連中はそうなんだ」

「新しい主流派？　じゃ、筧常務たちか」

「誰からネタを仕入れたかは、これ以上言いますまい。しかしね、専務、世間ではこのネタはきっとあなたから出たのだと思うよ。失権株売買のからくりについて詳しいのは、あなただし」

「わたしが……。ばかな」

「おれがあんたに可愛がられてるのは周知のこと。その上、わざわざここへ見舞いにも来ている。大きな果物籠を下げてね。人を避けてるはずの病院に、あんたはおれだけを引き入れていた。それを誰かに知られたとすると……」

山村はそう言ってから、部屋の中を見た。

「おや……」

見廻している中、衝立の蔭にようやく果物籠をみつけ、にやっと笑うと、

「果物のお返しは要りませんよ」

恩地の頭に、長谷川の姿がきらめいた。山村の来たことは、長谷川に勘づかれた。恩地と山村の結託をうわさするものがあるとすれば、長谷川だ。だが、山村は事前に長谷川としめし合わせて来たのではないか。

「きみたち、たくらんで来たのだな」

「御想像に任せる。……だが、おれは、そのほんの片棒をかついだだけだ」

「………」

「あの緊急重役会——あんたが社用以外で居ない機会なんていうのは、この入院がはじめてだ。そこをねらいうちしたんだ。だが、いくら何だって、空巣ねらいのように、あなたの居ないときに格下げをきめて、それで万事終りとは行かない。多少工作すれば、取締役会の総意という形で、あんたの格下げを決めるのはそれほど難しくはない。問題は、その決定をいかにあんたにのませるかということだ。格別の落度もないあんたに、どうやって詰腹を切らせるかということだ。それが、一昨日

の会議で片がついてしまった。あんたがあの会議で暴言を吐くことによってね。念のため、この新聞がばらまかれれば、あんたの失脚は確定的になる。これまで、あんたには落度がなかったが、他人の落度をあばくということで、とり返しのつかない失態をやってしまったわけだ。どの重役にだって後暗いことはある。それをあばかないのがお互いの不文律なのだが、あんたはそれを破った。これで彼等は、あんたに因果をふくめる必要はなくなった」

恩地は、手にした新聞を見返した。「失権株」「背任」「横領」などという活字が目に飛びこんでくる。

「きみ、刷ったばかりなら、何とかならんか」

あきらめたようでいて、未練が湧いてくる。あきらめ切るということは、生身の人間にはできないのであろう。さとりすまして死に向う自信はない。かえって、社長の椅子めがけて遮二無二突き進みたい焦りさえ感じる。新聞を買い占め、恩地に有利になる別の書き方をさせていいと思った。

だが、山村は恩地の胸をかすめたそうした計算を見ぬいてでもいたように笑い、

「手おくれですよ。刷り上った分からどんどん発送させたんだ。三千部のところ、二千部は投函しただろう」

恩地は新聞を掌にまるめこんだ。

「おれは告訴なんて思ってもいない。ただ、あの場のはずみで……」

「もちろん、あんたには告訴する肚《はら》はないだろう。それに、たとえ告訴したところで無駄なんだ」

「無駄？　なぜだ」

「犯罪事実が立証されたとしても、あの種の罪はもう時効にかかっている。三年以上経ってるからな」

「それなら、なぜ新聞に……」

「いやだな、専務。法的な問題に発展しないと思ったから、安心して書いたんだぜ。これで、ほんとに告訴が受理されでもしたら、けが人が出る。それでは困る。老練な記者は、十分にその辺のところは計算してある」

「きみはひどいやつだ。そこまで……」

感情がたかぶって声にならない。山村は二本目の煙草に火をつけ、

「しかしね、専務。おれは悪意や打算ばかりでやったんじゃない。おれにだって、いささかの善意が」

「善意だって」

「そうだよ。専務の健康のためを思ったんだ。専務、いくら何でもこのままじゃ、体が保つまい。それに、専務の気質では、手を抜くということができん。仕事にすり減らされて、一路、自爆するばかりだ。奥さんも若いし、お嬢さんも小さい。まだまだ自爆には早い。そこで、おれが荒療治を買って出たわけだ。……これで、専務、ゆっくり休養できる。ゆっくり体を休めて、人生の秋を味わえるというものだ」

廊下を隔てて伊藤教授の部屋から咳ばらいが聞えた。その部屋に行ってはお茶をごちそうになっている中、恩地は学者生活にもまたいろいろの暗闘があるのを知った。だが、うらやましいのは、教授自身が傷ついている様子がないことだ。暗闘の世界とは別に、学問という教授自身の世界が、その身の周りをゴム膜のように包んでいる。傷つけようもない自分ひとりの世界が存在するのだ。それも、また、人生であった。

恩地は無言で立ち上った。あっけにとられている山村を残し、大股に部屋を出て、教授の病室に向った。

正午。

「……テンプラもだめ。うなぎもだめ。酒も煙草もだめ。コーヒーもだめ。運動をしなさい。ゴルフなら結構だが、散歩でもかまいません。それから、仕事は大幅に減らすこと。何よりも、頭を使うことがよくないんです」

医長は言い渡しを終ると、音もなく部屋を出て行こうとした。

病室に来ていた妻のさかえが追いすがって、

「ほんとうにガンじゃないんですか」

医長の姿は消えた。部屋の外まで見送りに出ていた女医の水島と看護婦が戻ってくるのを待って、また同じ質問をくり返す。

「ちがいます。無酸症なんです」

恩地が口をはさみ、

「すると、M・C・R反応はどうなんです」

「残念ですが、一〇〇パーセント正確というわけには行かないんですの」

女医はいたずらっぽく笑った。

「しかし、あれが陽性に出たことは事実だ。あなたは大いに疑いがあると……」

「でも、他の反応はすべてマイナスですわ。七条氏反応も潜血反応も。それにレントゲンもきれいですし」

動揺がはげしかっただけに、恩地はまだ納得が行かない。保険会社の兵頭も言っていたように、ガンだとしても、患者にはそのように告げないのではないか。

「医長があれもダメ、これもダメとやかましく言われるのは、やはり、ガンの疑いがあるからじゃないんですか」

女医は高い声で笑って、

「あら、どうしてもガン患者にならないと、気がすまないんですの」

「……」

「ほんとうにガンであるなら、お好きなものを召し上れというわけで、食養生をしろなどとは仰言いません。ただ、ガンになりやすい状態ですから、あんなにくどくどと医長が御注意申し上げたのです」

「よかったわ。ガンじゃないんですのね」

さかえがベッドによりかかり、あえぐように言った。ガンの疑いがあると、だしぬけに山村に知らされてから、毎夜、眠れなかったという。さかえは恩地の言う通り、退院日まで病院に来るのを遠慮し、またJ女子医大病院の名を誰にも告げなかった。そこへいきなり山村が、親切顔してショッキングな病名を知らせたのだ。さかえもまた被害者であった。

恩地は、そうしたさかえを、はじめていとおしいものに見た。その後、反射的に、水島に眼を移す。この数日すっかり動顛《どうてん》させられたため、敦子に似たところから受けていた情感も雲散霧消していた。そこには、生も死も一つのカルテの出来事としてしか扱わぬドライな職業人の姿があるのみであった。

さかえが上気した眼つきで言う。

「わたし、食事の方は気をつけるわ。あなたもお仕事の方を……」

「ああ、おれも考えて……。専務をやめることにした」

「そう、そうなの」

さかえは恩地の手をとった。

「わたしにはよくわからないけど、専務や社長さんになることよりも、永生きして欲しいわ。あなたにもしものことがあったら、わたしはキヌ子と……」

「それではお大事に」

女医はそうした会話が聞きづらいのか、かわいた声で言って出て行った。看護婦も後を追って行く。

さかえは床に膝をつき、恩地の手をその頰に当てた。涙に濡れていた。

「よかったわ、よかったわ。ほんとうに、ゆっくり静養なさってね」

「うん」

恩地はすなおにうなずいてから、何かに憑かれたように体を立て直し、

「だが、おれは黙っちゃ居らん。このまま黙っちゃ居らん」

「まあ、あなた……」

「社長も筧も長谷川も、きっとひっくり返してやる」

「それじゃ静養にならないわ」

涙で濡れた顔を、恩地の掌にこすりつけてくる。

恩地は眼を閉じ、うわ言のようにつぶやいた。

「社長」「社長」

清瀬や筧への呪いだけではなかった。社長の椅子への未練が、かすめ過ぎた死の影の下から、また湧然とふき上げてくるのだ。

おびえは消えていない。生命への憧れもかわくように強い。生命のたくましさを見せつけた毒々しいほどの暗緑色の蔦。松葉杖や手押車にのった少女たちの笑い声。レモン色に染まったナイターの空の色――水島にガンと言われて数日の光景は、いまだに目に新しい。

恩地は解き放されて、ふたたびその貴重な世界に戻った。その世界を、何でもない人生をこそ味わうべきなのに――。

「さかえ、ちり箱を見てくれ。新聞をまるめたものがある」

さかえは、赤くはれた眼で恩地を見た。

「新聞？」

「そうだ。山村の新聞だ」

さかえは無言で立ち上ると、ちり箱の中をのぞきこんだ。

指先で、まるめられた新聞をひろい、泣き笑いの顔で恩地に見せる。

「皺をのばして持ち帰ってくれ。そして帰ったらすぐ山村を呼びつけるんだ。おれは山村に訂正記事を書かせる。これまでの発送先に全部送らせるんだ」

あっけにとられていたさかえの顔にあわれみを通り越し、怒りの色がみなぎって行く。

「金を用意しといてくれ。百万、いや、もっと多く。それから保険会社に電話して兵頭さんの都合を……」

恩地は憑かれたようにしゃべりつづけた。それだけが、生きているあかしででもあるかのように。

ある倒産

「ねえさん、この座敷の非常口はどこだね」

冷房のよく効いた離座敷の青畳の上に腰を下ろすと、いきなり江島が仲居に訊いた。

「え？」

仲居はとまどった。何か聞きちがえたのかと、江島の顔を見直す。

「非常口だよ」

江島は濃い眉をつり上げ、まじめな表情でくり返した。

江島の背後に立つ大久保が、原口を見て笑う。からかわれていると思いながら、原口の口もともゆるんだ。笑っていい。原口のために江島が祝宴を開いてくれようという今夜、どんなことをいわれようと、心は軽いはずだ。

仲居は、おしぼりをさし出しながら、小首をかしげ、

「おかしなことを仰言いますのね、常務さん。ここは、ほら、どこをあけても庭へ出られますでしょ。非常口なんて」

「それはそうだろう。しかし、このお客さんのために……」

江島はそう言ってから、はじめて気づいたというように、

「や、これは失敬。今日はきみが客だ。こちらへ」

原口を見上げて、腰を浮かせにかかる。

「いえ、どうぞ、わたしはこちらが気楽で……」

原口はちょっとかたい声になり、あわてて江島の真向いに腰を下ろした。

「そうかい。今夜はきみのお祝いなんだが……。それじゃ……」

「どんなお祝いでしょう」

仲居が江島と原口を半々に見、わざと声を浮き立たせる。江島は、原口に眼をやって、

「こちらの専務就任祝いだ」

「まあ、専務さん！　それじゃ、常務さんより上じゃないの」

仲居は、今度はほんとうにおどろいて、声をたかめた。

原口を見直す。讃嘆というより、いぶかしがっている。それ以上、誰も苦笑して説明しないので、そこはつつましく話題を変え、

「こちら、お名前は」

「非常口さん」

原口の名のるより先に、脇から大久保が言った。

「え」

「いや、原口さんだ」

「どうして非常口さんなどと」

「とても用心深い方なんだな。どこへ行かれても、まず非常口の在処《ありか》をたしかめぬと気がすまない」

「ほう」

仲居は、口をとがらせたまま二度うなずいて、

「でも、大事なことですわね。このごろは、どこで何が起るか、わかりませんもの」

原口は庭を見た。

水銀灯がともっている。意外に茂みが深い。築山があり、そのかげは泉水らしく、

水の流れる音がする。

静かであった。都心とは思えない。

原口は、「赤坂村」という言葉を思い出した。いまは静かさとは逆のものを表現する呼称なのだが、ほんとうに村のような静けさもある。

原口は、思わず、長い息をついた。

いままで自分は、こういう静けさをまるで知らずに過してきた。

江島と同期でQ大を出、入社して三十年。最初は営業に居たが、総務・庶務・厚生と転々し、昨年ようやく調査部長のポストにたどりついた。

名前だけは部長だが、社内でいちばんの閑職である。部課長会でも、原口の発言に若い課長たちは耳をかそうともしなかった。敬老的なそうした部長職のまま、二年先の定年にころげこんで行くと思っていたのだが。

原口は、自分の履歴のどこを掘り起しても、こういう金のかかる静けさと触れ合う機会のなかったことを認めざるを得ない。貧しい、狭い人生であった。しがない一人の月給取りとして、この「村」の風に当ることもなく果てるはずであった。

だが、今度の出向のおかげで、これからは会社は小さいといっても、専務。親会社を代表する立場からいえば、最高の実力者となる。新しく生きて、この「村」に出入りすることもできる。

滑稽なことだが、原口は武者ぶるいに似たものを感じた。体のすみまで初々しく、またみずみずしくなって行きそうである――。

「今晩は」

静けさがこわれ、もっと金のかかるにぎやかさがくりこんできた。はなやいだ声と色。化粧のにおいが座敷中をひたした。

芸妓が三人。二人はまだ二十前後だ。

ビールと料理が運びこまれ、話は勝手にはずみ出す。

「この人、とうとう二十を割ったのよ」

「だって、週に二日はおともしてコースですもの。ありがたくないわ。陽に灼けて、しようがないのよ。だからこの前、思い切ってホテルの美容ドックへとびこんじゃった。どろんこになったり、牛乳風呂につかったりして」

「美容代はいくら」

「そう、十二万円だったかな。さすがに彼氏、おかんむりだったわ」

ふしぎな国のふしぎな物語である。これからは無縁の世界と思わぬだけに、原口は好奇心をおさえかねた。

「そういう金は、どんな人が出すんです」

みんなの眼が、〈おや、やぼな〉というように、原口に集まった。

「月に三、四十万かかる。一流会社でもサラリーマン経営者じゃ、ちょっと面倒がみきれないな」

と、大久保は江島に眼をやり、

「むしろ、三流か四流会社あたりのおやじさんの方が、金は自由になる。そうだろ、みんな」

「四流はひどいわよ」

「何しろ、会社の金を思うように使える男には叶《かな》わん。実力の相違だな」

「いや、実弾の相違でしょう」

「そういえば、新しい実力者を紹介しよう。今度、久阪機器の専務になられた原口君だ」

「四流会社の専務です。どうぞ、よろしく」

「でも、実弾は豊富でしょ」

若い妓《こ》の眼に、探ろうとする光がある。原口は何となく豊かな気分になって、それを受け、

「その実弾の方は、この大久保君、経理担当重役にがっちり抑えられている」

「あら、オーサンが経理の重役に行くの？　それなら大丈夫だ」

「こら、調子のよいことを言うな。あっぷあっぷの会社へ行くんだから」

「久阪機器って、まだ公開していないの」

今度は、最年長の芸妓。

「うん、同族会社だったからな。上場してりゃ、少しは……。事ここに及んでは、公開しようもないいな」

「でも、自動車一台ぐらい頂けるでしょ」

また若い妓。きらきらする眼だが、すましていう。

「自動車？　うん、何とか一台ぐらいオンボロを。……けど、それでいいのか」

「どういう意味」

「月々の手当を出さなくても、やらせてくれるというんだな」

「あら、それとこれとは別よ。やっぱり……」

「月に三、四十万の口か」

「二十五万でもいいわよ」

冗談ともつかず、落着き払っていう。聞いている原口の方が動揺した。

「き、きみ、名前は」

「妙子です」

「おや、原口さんは早速……」

大久保がどなるように言い、大げさにまたたきする。色白の優男《やさおとこ》に似合わず、声はがらがらしている。その不調和が、大久保を奥の深い男に見せてトクもしている。

「車といえば、大久保。久阪機器の重役諸公の車はどうなっている」

江島が分厚い唇をとがらせて訊く。

「久阪社長に自家用一台。それに、全重役共用のが一台」

「それはいかん。今度、原口君に行ってもらう以上、専務専用の車を一台手配しておきたまえ」

「常務、それは……」

手をあげる原口を遮って、

「三洲重工を代表して行ってもらうんだ。それに事実上はきみが社長だ。格相応に振舞わなくちゃいかんよ」

「でも……」

「車がきらいかい。……あ、そうか、安全第一主義だったな」

「非常口さん」

仲居がまぜっ返す。原口は少しばかり屈辱を感じた。

江島が苦笑を嚙んだまま、

「慎重な運転手を選べば、すむことだ。何も、きみが気をもむことはない。もっとも、運転したければ、週末、箱根あたりのゴルフ場へふっとばしてもいいんだよ」

「滅相もない」

「運転はできるだろう」

「軍隊でトラックを……。しかし、免許はとって居ません」

「とにかく原口君に車を」

原口はふっと、娘の光子のことを思った。免許証をとって一年。ひところ、あちこちの車を借り歩いていたが、このごろは借りくたびれたようだ。

光子の運転で、箱根や日光へ。

思いもかけぬ余沢《よたく》の光。専務になることは悪いことではない。

「ところで、原口君。さっきから気づいていたんだが、今後はぼくを君づけで呼んでくれ」

「しかし……」

「実際のところ、きみは専務だ。ぼくを『常務』と呼んでくれれば、ぼくは『専務』と呼ばなくちゃならん」

「でも、会社が……」

「そう、会社もちがったのだし、それに向うの会社でも、専務のきみがこれまでの調子じゃかえって不安がる。親会社の常務を君づけで呼べるような大物を迎えたということの方が、社員の士気にもいい。わかったね、きみ」

「はい、常務……」

「それがいけない。それだと、こちらも『専務』呼ばわりを……」

「非常口専務ですか」

と、大久保。女たちが笑った。

原口は、その座敷に来て、はじめて腹を立てた。同時に、行手に鬱陶しい影がさすのを感じた。すでに大久保は原口より先に、久阪機器経理担当重役として出向している。三洲重工の経理部次長兼任のまま。

大久保は、江島常務の腹心である。経理畑一筋の切れ者と言われ、そのくせ、数字に明るいだけでなく寝業師《ねわざし》的《てき》な腕もあって、怪物視する向きもある。江島に女を世話し、その女がいまは銀座でバーを開いているといううわさもあった。

いや、うわさではなかった。

その夜、赤坂の料亭を出ると、「一軒ぐらい」ということで、原口は銀座へ連れて行かれた。

東銀座寄りの〈きぬえ〉というクラブふうのバーであった。ビルの地階を借りているが、調度も贅沢《ぜいたく》で、少数の客だけを相手に十分成り立って行くといったつくりであった。

五つばかりのボックスには、どこにも客が沈んでいた。

「や、いいよ」

江島は気さくに言い、カウンターについた。混んでいるのを、むしろ喜んでいる様子さえ見えた。

眼の前の三段の洋酒棚には、こぼれそうなほど舶来ものが並んでいた。見て行く中に、原口ははっとした。ジョニイ・ウォーカーの黒が三本かさなっている。見おぼえがある。妙な思いこみ方だが、たしかに見おぼえがある。

眼をとめたとたん、江島が言った。

「や、いつか、きみに心配かけたな」

原口はひやりとしたが、江島はすぐ低い声で押しかぶせるように、

「あんなことは、もうよしてくれたまえ」

原口は体を小さくして、うなずいた。大久保に聞かれたくなかった。

前年の暮、原口は妻の綾子にせつかれるようにして、デパートから江島宛にジョニイ・ウォーカーの黒を一本贈った。

上役に中元や歳暮を贈ったのは、もちろん、はじめてではない。入社以来、むしろ几帳面に贈り続けた方だ。

だが、部長になってからは、やめようと思った。どうせ重役にはなれっこないし、定年まで先が見えている。〈部長になってまでも〉というささやかなプライドも働いた。出世コースに外れているせいか、調査部の部下から原口宛の贈物は意外に少なかった。それを思うと、自分ひとりせっせと屈辱の歴史を重ねてきたようで情《なさけ》なかった。

部長になっての最初の夏は、それで押し通したが、暮には妻が承知しなかった。それ以上の登用を願わないとしても、いまの地位の安泰のためにも、しかるべき人々へ贈っておいた方がよいという。執拗だった。習性を脱ぎすてるのが、妻には不安でもあったのだ。

社を去ったり亡くなったりして、贈るべき人の数は、少なくなっていた。その埋め合せのように、妻の発案で江島にも贈ることにしたのだ。ただ〈よろしく〉という以上の意味はこめなかったつもりだが。

今度の久阪機器への専務となっての出向は、定年から解放されるという意味もあって、原口にとっては思いがけぬ栄転でもある。久阪機器は、常務兼第一事業本部長である江島の管轄企業である。仮に江島が積極的に推さなかったにしても、彼の賛成がなければ、その人事は実現しなかったわけだ。

もちろん、スコッチ一本の効き目のせいではないが、そのスコッチ一本が、古い同期である原口のことを思い出させ、少しはよい感情を持たせることになったのは否定できない。

そこまで考えて、原口は自分がいやになった。貧乏性というのか、ウイスキイ一本についてそんなふうにまで考えること自体が情ない。

原口は眼をあげた。また、ジョニイ・ウォーカーの壜が。

〈おい、これもそこへ入れておけよ〉

江島が無造作に持って来、江島の女が〈うン〉と顎ひとつ振って、その他多勢の壜の中へ加える——そうした光景が眼に見える気もした。

ばかばかしい。もう何も思うものか。

「あら、いらっしゃい」

大きい眼が、すぐ前にあった。

「ここのママだ」

江島がわざと面倒くさそうに紹介する。

二十代の半ば。すぐに声の出ぬほど、美しい女であった。細い鼻筋、右頰だけに心をそそるような笑くぼ。

水商売の女らしいつやっぽさもあるが、原口の語彙《ごい》で言えば〈﨟《ろう》たけた風情〉もある。何よりやさしさが匂ってくる。

〈こんないい女が、江島の――〉

そのときの原口には、それは一種由々しいことにまで思えた。

嫉妬が湧く。自分の体の中で火をつけないまま眠らせてきた力、涸《か》れ果てたと思っていた力が首をもたげる。

女は、笑くぼをくぼませ、笑いつづける。

出世するとは、どういうことなのか。その一つの答をまたしても眼の前に見る気がした。

原口が頭の中で描いていた出世とは、個人的にはあまり報われることのない馬車馬の道であった。果てにあるものは、重責と激務と孤独。クラブを振ろうと、女とさわごうと、人生のたのしみにどっしりつけ加わるものがあろうとは思えなかった。

だが――。

出向に先立って、久阪機器では、ま新しい国産中型車が原口の専用に購入され、運転手も傭《やと》われて、毎朝、原口の家へ迎えに来た。

丸の内にある三洲重工の本社へも、その車で出かける。面映ゆかったが、車も運転手も遊ばせておくわけには行かない。

調査部長の事務引継ぎには、それほど手間隙《てまひま》はかからなかった。技術関係の調査は、技術研究所と開発部で行われ、残った経済調査の中でも、特定商品の市場調査や消費動向調査は専門の調査機関に請負わせている。となると、会社の成長に直接役立つような仕事は何もないと言ってよい。

原口が調査部長になってから、関連業界における三洲製品の占拠率《シェアー》分析を中心とする月報を毎月出すことにしていたが、正確な数字を出せば出すほど、社内のあちこちから苦情が出て、評判は芳しくなかった。

部課長会で原口が発言を迫られるのは、いつもそのことについてであったが、原口には正しいことをしているという信念があり、頑として廃刊に応じなかった。もっとも、それまでいつも正しいことを貫いてきたわけではないので、定年前の気楽な抵抗と見る向きもあり、それだけに、いっそう彼は意地になっていた。

後任者への事務引継ぎといっても、結局は、調査月報続刊のために可能な限りの手を打てということだけであった。毎日同じことのくり返しで、後任者も飽きたし、彼もいや気がさした。

そのため、時間を見ては、久阪機器へ出かけた。

さし当っては専務室というのがなくて、経理担当の大久保と衝立ひとつ隔てた部屋に同居し合うということであった。先の息苦しさが思いやられた。

社長の久阪周次郎は、温厚な、いつ見てもにこにこ笑いをたたえている人物であった。

最初に会ったとき、久阪は両手をひろげて、

「いやア、よく来て下さいました。あなたのような方に来て頂けるとあって、わたしは倖せです。大船にのった気持ですよ」

と言った。

原口は警戒した。何という調子のよい男かと思った。三洲重工の下請けもあったとはいえ、初代の久阪周平が旋盤工場から出発してから、独立独歩で伸びてきた会社である。

ここ数年来の経営不振で、遂に三洲重工から資本とともに目付役の重役を迎え、今度は専務まで送りこまれる——にがり切った気持であろうのに、社交辞令としても愛想がよすぎる。

久阪を見咎めるように突立っていると、その膝頭をやわらかなものがかすめ過ぎた。

犬であった。褐色の背をすりつけて行く。原口は、叫び声を立てそうになった。

「どうして犬が……」

久阪社長は、くぼんだ眼で笑った。

「飼っているわけじゃないんだが、いつの間にかなついてしまって」

向うを向いてすでに寝そべっている犬に、保護者の眼を投げて言う。その様子に、原口は、

〈どうして追い出さないのですか〉という問いをのみ下した。

代りに、

「そう、どこにも居る駄犬です。野良犬だったが、知らぬ中に家へ出入りするようになって」

「雑種なんですね」

「……」

「かわいいものです。毎朝出勤時刻になると、家の玄関まで迎えに来ます」

久阪の家は、本社の裏手にある。

「犬がお好きなんですか」

「別に好きというわけじゃ……」

久阪にはとくに飼おうという意志がない。犬に飼われたいという気持もない。その淡い交際ひとすじで、ずっと結ばれてきたという感じである。

「折角なついているものを追い払おうという気にもなれずにねえ」

原口は、警戒心をゆるめた。これはひょっとして、ほんとに好人物ではないかと思った。この社長となら、社長と大久保の二人の敵を腹背に受けるという心配もなさそうである。

久阪は、原口の眼を見て、笑いながら言った。

「失礼だが、原口さんは、非常口さんというアダ名だそうですな」

原口はむっとした。大久保がしゃべったにちがいない。

黙ったままでいると、

「いや、失礼しました」

久阪は、詫《わ》びをくり返し、ひとり言のように、

「うちの会社も、とうとう火がついた恰好です。そこへあなたのような堅実一点ばりの方が来て、非常口へ導いて下さる。ありがたいことです」

「……………」

「わたしは、あなたのお許しさえあれば、社員や取引先に、そうしたあなたのお人がらを吹聴させて頂きたいと思っています」

原口は、しぶい顔をした。自分の性格をもてあそばれている気がした。久阪に悪意がないだけに、怒るわけにも行かない。善人はかえって扱いにくいのではないかと思いながら、

「久阪さん、何も、わたしの個人的なことまで……。ただ臆病というだけのことですよ」

「ごもっとも。しかし慎重な生き方で評判の人を迎えられたのは、何としても有難い。うちの将来について、太鼓判を捺《お》されたようなものですからな」

「………」

「わたしもわたしなりに慎重にやって来たつもりです。慎重な上にも慎重に……。それなのに……。ついていないということでしょうなア」

久阪機器は、信管の特需ブームが続いたため、マイクロ・モーターやタイム・スイッチなど民需品への進出がおくれ、三洲重工からの二億八千万円の融資を伴う要請によって、藤沢にタイム・スイッチ専門工場をつくった。

だが、用地の買収などで手間どったりしたため、操業をはじめたときには、洗濯機の需要が一巡して過剰生産となった。三洲重工からの注文は減る、値はたたかれると、散々であった。

その結果、〈三洲重工などの下請けだけにあまんじていてはいけない、新製品の開発へ〉と、小型電子計算機の試作にかかった。

中小企業向けに一千万円程度のものが出来るようになったが、今度は他の事務器メーカーから競争品が出た。販売力のない久阪としては、はじめから勝負にならず、在庫がかさんだ。当然、資金ぐりが苦しくなり、高利貸の金まで借りて、経営難に陥っていた——。

打つ手、打つ手が後手に出て、久阪はちょっと自信を喪《な》くした顔でもあった。

「これから、どんな手を打って下さるか、それをわたしはとてもたのしみにしてるんです」

久阪は、危うく犬の尻尾を踏みそうになりながら、社長の椅子に戻って行った。

正式の赴任を三日後に控えた午後、原口は三洲重工の第一事業本部長室に呼ばれた。

そこには、すでに大久保が来て、江島の机いっぱいに帳簿をひろげ、何か説明していた。

江島は、太い眉を動かしながら聞いていたが、話が一段落すると、親しそうに寄ってきた。

原口の肩をたたかんばかりにして、

「どう、経営のメドはついたかね」

原口は小さくうなずいた。努力家の原口は、彼なりに再建計画の構想を練っていた。

「まず生産の集中度をたかめるため、旧工場をできるだけすみやかに縮小し、藤沢工場を主力化します」

「その資金は？」

「旧工場敷地の一部を売却します」

「しかし、あれはT銀行の担保に……」

「見返りを入れて、話をつけます」

「なるほど」

「次に本社機構を改革、大幅に……」

その先を、江島は手で遮った。

「きみのそういった計画で行くと、赤字はいつ消えるかね」

「早ければ、四年後……」

「四年？　長いねえ」

「しかし、それが……」

「いや、わかってる。現実的な見通しとしてはそうだろう。だが、事実はそうかも知れぬが、真実は別だよ」

江島はそこで一息ついて見せた。

「どういうことでしょう」

「仮に『二年後には赤字解消』と発表すると、従業員がハッスルして、案外三年ぐらいで赤字が消えてしまうかも知れんね。その辺のところを、ぼくは言いたいんだ」

「………」

「いろいろな計画も結構だが、従業員の態度そのものに活を入れることが、トップの仕事じゃないだろうか。きみの場合には、まず、安泰感を会社に、あるいは世間にも植えつける。それが最初の任務だ。そこからあらゆることがはじまると思うな」

「………」

「きみの言動は、また十分そういう安泰感を与えることができる。ぼくや大久保のように、こそこそ動き廻る人間とはちがうからね」

どこかウラのありそうな言い方だと思った。だが、その点を問いただす気にもなれない。

それより、何とかして安泰感を――。

原口は、江島の意見をすなおに聞いた。なるほど、こういうところが、自分と江島のちがいなのかと思った。自分も専務として出向する以上、学ぶべきところは謙虚に学んで行こうと思った。

「仰言る意味はわかりました。できるだけ、つとめてみます」

原口はそう言ってから、半ば弁解するように、

「営業の仕事を離れてから、かなりになるものだから、分析ばかりで、事業の勘というものから遠くなったのかも知れません」

「いや、そんなこともないだろう」

原口は、眼をそらして言った。

〈それにしても、どうして自分のような者を専務に……〉

心の底にわだかまっている疑問が、また鎌首をもたげる。

それが口に出かかるのを、原口は抑えた。

若い社員ではない。部署を変えての社歴三十年は、何かを蓄積しているはず。久阪機器は原口のような人間を必要としているのだ。安泰感を与える人物——少なくとも、それにふさわしいように振舞わねばならない。

次の日曜日の朝早く、原口の一家は光子の提案で湘南海岸へドライブに出かけた。

七時には片瀬についたが、そんな早朝にも東京からのドライブの車が続いていた。

助手席の原口は、眼をこすりながら、

「こんな暁方から、いったい、どういう気なんだろうな」

多少は、光子へのあてこすりもふくめて言った。

「車持ってると、日曜日はじっとして居られないのよ。なるべく道路の空いてる中にと思うのは、誰しも当然よ」

そう言えば、どの車にも睡そうな自家用車族の顔があった。人が車を走らせているよりも、車が人を走らせている顔である。光子のような生ぐさいほど生々しい眼をしているのは、運転者だけ。いや、運転者の半ばも、疲れや悔いで、くすんだ眼をしている。

新車は、エンジンの音も立てずに走り続ける。

左手に乳色の海。右手には砂丘越しに、お伽《とぎ》の城のような団地住宅の群。汐のにおいをふくんだ風は、窓を開けられぬほど冷たい。

「爽快ねえ」

光子と弘子が、交互につぶやく。

妻の綾子は、ほとんど無言である。眠ったような眼をしているが、眠っているのではない。ま新しい自家用車でのドライブということに、気のぬけたようにうっとりしているのだ。

ときどき、バックミラーで合う眼には、原口へのあまい感謝がこもっていた。

原口は、妻がいとおしくなった。娘たちさえ居なければ、どこかの旅館へ車をつけて、荒々しく抱きしめてやりたいと思った。

出向の問題が起ってからは、妻を抱いていない。妻の方からも求めて来はしなかった。歳暮のときのような執拗さとは別人のように、控え目に夫を見守っている。

眼の合う度に、若者のような欲情が体を吹きぬけ、原口がひとり照れくさい思いを嚙《か》んでいると、

「お父さん、車を持てたことだし、ゴルフでもはじめたら」

〈車とゴルフは関係がない〉と、叱ろうとすると、背後から綾子が、

「そうね、これからは体も大事にして頂かないと」

「わたし、日曜日ならゴルフ場へ送って上げる。ただし、運転手代だけは実費で頂いて」

「こいつ!」

低い松林。その先に、海がやわらかな波を打っている。平和な、そして、久しぶりに生きている倖せをしみじみ味わう感じの朝である。

車一台が、いや、専務出向ということが、こんなに簡単に倖せを運んでくるもの

なのか。

原口は、ふっと自分が信じられなくなる。おかしい。こんなことがあってよいはずはない。五十三歳の人生は、もっと苔むした巌《いわお》のように不機嫌でよいのではないか。

娘には、そうした親の心の移り動きがわかるのか、光子がさっと原口の顔を見て言った。

「どう、お父さん、今度の会社うまく行きそう？」

原口ははっとし、その動揺をまぎらわすように、煙った眼を前に向けた。先行する車の客席では、三つの頭が一つになって眠っている。

ゆっくりそれを眺めてから、原口は突き放すように、

「うまく行かせるより仕方がないだろう」

「たいへんね」

「しかし、このまま定年になるより、男としては一勝負してみるのもおもしろいからな」

ずばりと言って見せたつもりだったが、

「それ、ほんと？」

あっさり切り返された。

原口は顔をしかめた。そして、ふっと赤坂の若い芸妓のことを思った。ドライというよりも、世知辛く育ってきたこいつら――。

原口が黙っていると、

「わたし、正直なところ、よくわからないわ。お父さんが三洲重工を離れたことは、とても残念な気もするし」

「どうしてだい」

「だって、おムコさんになりそうなボーイフレンドから問合せがあったとして、久阪機器じゃ、会社の内容から説明しなくちゃならないものね。三洲重工の部長といえば、すっと通って、みな一応、敬意の眼を輝かしてくれる」

母親が、あわて出した。

「光子、何を言うんです。そんな見栄よりも……。あなたでなくて、わたしが説明するから大丈夫よ」

光子は、鼻を鳴らす。綾子はたたみかけて、

「定年になれば、よほど運よく重役になれた人は別として、みんな一流の会社を退《ひ》かねばならないのよ」

「わかってる」

「定年で退職金だけもらって放り出される人が、ほとんどなのよ。その日からもう困るわよ。保険の外交ぐらいしか仕事もないでしょうし」

光子は答えない。綾子は執拗さをとり戻して、

「部長までつとめて、子会社へ専務としてお出になる――りっぱじゃない。仮に、このまま部長で居られたって、定年から先のことは、会社で心配して下さるとは限らないのよ」

「うん、それもわかっている。けど、光子が訊きたいのは、タイミングの問題よ」

「……」

「この二年というのは、光子たちにとって極めて大事なとき。……お父さんは、とにかくあと二年は一流会社にとどまる権利があったわけでしょ。それを放棄して、三流、いや失礼、二流会社へ赴く心境や如何」

しばらく父母ともに黙った。

光子はアクセルを踏みこみ、前の車を追い抜いたところで、綾子が、

「お父さんの心境がどうのなんて、あなたには関係ないでしょ」

「ところが、そうでもないんだ」

「……」

「ボーイフレンドを観察するのに役立つもの」

「あきれた」

そうはいうものの、話は軽くなって、綾子も緊張のとけた顔になる。

光子は続けた。

「一流会社に行けば、永久にサラリーマン。だって重役は何千人に一人でしょ。二流三流へ行けば、専務や社長になれるかも知れない。その間の選択には、男性の心は微妙にふるえると思うの。お父さんの心境も少しは参考になると思うな」

原口は眼をあげた。

綾子の眼が、バックミラーで待っていた。

〈放っときなさい〉

と、言っている。

原口が前を向くと、光子は横腹を刺すように、

「親方日の丸って、いい気持ですってね」

母親は歯が立たない。

「何なのそれ」

と、ものうく訊き返す。

「大会社は絶対ということよ。『何はともあれ安心です』って言うこと。そうでしょ、お父さん」

原口は仏頂面をつくって、うなずいた。つくったつもりが、しだいに内心からふきげんになってきた。

〈親方日の丸〉という言葉で、原口は別のことを考えた。

三洲重工が親会社である以上、久阪機器は絶対に潰れることはないという安心感である。

久阪機器の立て直しが、スムーズに、構想通りに行くとは思えない。簡単なものなら、敏腕の大久保がすでに派遣されていることであり、少しは事態が好転していたはず。

その兆候が一向にないのは、大久保もまた何年越しかの泥沼の深みに動きがとれなくなっているのだ。

にもかかわらず、三洲重工がついている限り、久阪機器の潰れることはない。その限りでは病が重くなっても、決して死ぬことのない病人をみとりに行くようなものである。それが事態の難しさを知りながらも、非常口さんといわれる原口に出向を甘受させた大きな理由である。

だが、そこまでは娘の前で口にしたくない。また、娘がそこまで見抜いていると

は思えないが――。

車は、汐の満ちた馬入川《ばにゅうがわ》の長い鉄橋を渡った。

「今度の話、お父さんは辞退しようという気持、全然なかったの」

光子が、なお問いかける。

「光子、何です」

と妻。

「いいじゃないの、訊いたって」

珍しく次女が姉に加勢する。

気まずいドライブとなった。光子の執拗さは妻ゆずりの気質でもあろうが、ただ

それだけではない。問わずには居れない何かがあるようだ。

右手に平塚の市街地がひらけてくる。

原口はしばらく黙っていたが、

「お父さんが受ける前に、もう内定していたんだよ」

投げやりな口調で言った。

「内定していても、辞退できないのかしら」

「もし辞退したら……」

「どういうことが起るの」

「お父さんはともかくとして、相手の会社に大きなショックを与えることになる。出向を見限るという形になるからね」

「へえ、お父さんはそんなに向うの会社に……」

「いや、お父さんに限らず……」

原口は狼狽して語尾を濁した。

「光子、いい加減にしなさい。このドライブだって、お父さんが出向して下さるおかげじゃないですか」

「……」

「自家用車は自家用車でたのしんでおいて、そんな口をきくのは許しませんよ」

原口はバックミラー越しに、妻をにらんだ、それとこれとは話がちがう。頭からおさえつけてはならない。

妻はふくれた。同時に、光子も強く言い返した。

「フン、それなら口をきかないわ」

アクセルを踏みこむ。

エンジンの音が、急に耳に上ってきた。

みじめな時間をのせて、ドライブウェイは西へ長くのびて行く。

原口は、赴任すると、すぐ久阪機器の社報に〈挨拶〉を書いた。

《黒字はまぢか》

という見出し。

赴任についての決りきった挨拶に続いて、

〈今期もいぜん赤字決算に変りはないが、赤字幅は大きく減少してきている。来期には、若干の黒字へと転換できるかも知れぬ。事業の前途については、安心してほしい。新卒者の採用こそ停止しているが、従業員の整理は現在のところ考えていない。むしろ業績好転に応じて新卒者の採用をはじめ、初任給のアップだけでなく、全従業員の給与改善に進みたい〉

江島の線を受け、調子のよい抱負を掲げたのだが、それでも原口らしく、文章は慎重に考えぬいてある。〈かも知れぬ〉とか〈進みたい〉とか、尻尾をつかまえられぬようになっている。

社報は、社内だけでなく、取引先や業界にもひろく配った。経済記者や業界紙の記者を招いて、PRにもつとめた。

もっとも、その席には、いつも大久保が立会った。お目付役のようでもあり、数字を突っこまれたときの補佐役でもあった。

久阪機器の帳簿には、銀行用・税務用・経営者用の三通りがあった。粉飾というより、はじめからこしらえてかかったものもあって、書いた当事者さえ実態がわからなくなっていた。

三年間にわたるそうした三通りの帳簿をつき合わせて見て、原口の頭には、ただ混乱が残るばかり。そうした数字の積み上げの上に将来を語るというのは、原口には出来ない相談であった。

もっとも、大久保も、数字で答えるためというより、数字から逃げ、実態をぼかすために同席しているといった恰好で、ときどき質問にとぼけて見せた。それも大久保の計算のようであった。懇談の後に記者たちの耳にたしかなものとして残るのは、観測の皮をかぶった抱負だけということになる。

記者たちはおとなしく聞き、おおむね、原口たちの期待通りの記事を書いてくれた。だが、それは、原口たちの努力のせいだけではなく、三洲重工が専務まで送りこんで肩入れしているという〈親方日の丸〉的事実の重さが、書かせたことでもあった。その重みを伝えるのに、原口のまじめで慎重な人柄はうってつけのようでもあった。

原口はまた、人事考課に当って自己申告制をとり入れ、さらに、若手社員による青年重役会を開かせることにした。いずれも、企業の安泰を前提としてこそ考えられるものである。

社員の士気を昂揚し、同時に社外からの信頼をたかめられるはず。原口としては、赴任当初の企画として大いに期待したのだが、社内の反響は予想以上に乏しかった。いや、反響らしいものは、ほとんどなかったと言ってよい。

第一回の青年重役会には、各部課長の推薦した青年社員十名が集まったが、その席上でも、発言はとだえがち。結局は、原口の独り舞台となった。

話しては、意見を求めてみたが、指名しなければしゃべらず、その返事も、「よくわかりませんが」「十分考えてみたいと思います」といったものばかり。

彼等の沈黙には、新しい経営者の真意をはかりかねたためらいもある。ひとり発奮している感じの原口への冷笑もあろう。だが、最も大きいのは、じたばたしてもどうにもならぬという諦観が支配していることであった。

諦観は、青年社員だけにではなく、部課長クラスや重役陣にも感じられた。原口としては、そうした諦観をこわしにかかるよりも、自身がその諦観に馴染まぬよう、まず警戒しなければならなかった。

八方に気くばりした緊張した生活がはじまった。と同時に、あまり力み過ぎてはいけないと自分に言い聞かせねばならぬ。

短時間の間に、原口はひどい疲れを感じた。

そうした一夜、社長の久阪が原口のために慰労の宴を持ってくれた。「お好みの場所で」ということなので、かつて江島によばれた赤坂の料亭にし、あのときの妙子という若い妓を呼ぼうとすると、廃業したという。

原口は失望もしたが、また、ほっとした。

原口の頭の中では、妙子と光子のイメージがつながっている。光子は、執念深いと同時に妙に気の弱いところもあり、からっとした妙子とちがっているようだが、二人のタイプは原口の中ではそれぞれ相手を呼び出し合うのだ。

早朝のドライブ以来、原口は光子とゆっくり話したことがない。いそがしくてというより、何となく光子が自分を避けている感じである。

〈お父さん、変ったわ〉

〈え〉

〈お母さんも変ったわ〉

〈どこが〉

〈たとえば、毎朝、お父さんの出勤前にきちんと化粧するでしょ〉

〈だって、お迎えの車が来るんですもの〉

〈そう。だから、変ったと言っているのよ〉

〈……〉

〈話しぶりや歩き方にだって威厳が出て来たわ。りっぱな専務夫人よ〉

母親は抵抗をあきらめて、

〈ありがとう〉

〈それ、お父さんに言いなさい〉

そうした会話のあったことを、綾子から聞かされたこともある。

もっとも、調査部長当時とちがって、原口が妻と話す時間も少なくなった。家へは毎日のように書類を持ち帰り、夜の宴会も週に何度かある。

忙しい。だが、忙しい割には、物事が回転して行かぬ感じが続いた。

もどかしかった。そして、そのもどかしさの底に、自分が出向させられたことの意味についての疑念が、いぜん、くすぶっていた。

江島常務が、そうした疑念に実に酷薄に答えてくれたのは、原口が移ってほぼ三カ月経ったときであった。

三洲重工の部屋で、江島はぎょろりとした眼をむいて言った。

「業績は冴えないが、どうやら安泰感は植えつけられたようだね」

「はい、おかげさまで。やっぱり、親会社の信用のおかげです」

「……ところで、もうそろそろ積極策をとってはどうかね」

「と仰言いますと」

「増産だよ、メーカーにとっての積極策とは、増産以外にないじゃないか」

「しかし、何を……」

「タイム・スイッチにせよ、モーターにせよ……。下請けにも、どんどん発注したまえ」

原口は、あっけにとられた。常務が急に小学生にでも変ってしまったかのようだ。口をあけたまま見つめている。

常務も何も言わない。黙って、原口のその眼を見返してくる。

原口は、大久保を見た。大久保もまた、無言で原口をにらみ返す。色白の顔に、静脈が浮き立った。

原口がそのだんまりの意味を理解するまでには、それほど長い時間はかからなかった。

意味がわかるとともに、原口は体の中が熱くなった。頬に血が上って行く。

「そんなばかな。三洲重工ともあろうものが……」

声がふるえた。

江島は煙草をくわえた。大久保がライターをつける。

紫の煙が、三人の間に浮かんだ。

江島はゆっくり、しかし、押しかぶせるように言った。

「会社は慈善事業をやっているわけじゃない。二億八千万の幾分かでも回収しなければならん」

「……」

「至上命令だ。そのために、きみを送ったのだ」

「ひどい……そんな……」

「回収の具体的な方法は、すべて大久保が考えている。きみは、大久保の仕事がやりやすいように、彼をバックアップすることだ」

「……」

「もちろん、計画倒産の疑いをみじんも持たれてはならん。明るい見通しを持って、最後の最後まで努力していたというポーズをとるのだ。われわれとはちがって、きみのポーズなら、誰もそれをポーズとは思うまい。その間に、大久保の方で着々と回収を進めて行く」

原口は眼を閉じた。その後、辛うじて小さな声で、

「聞きたくありません」

「そう、きみに聞かせないで、大久保だけにやらせるという手もあった」

原口と大久保との比重のちがいを思い知らせる言葉であった。

原口は、めまいに似たものを感じた。

江島は、太い声で続けた。

「その場合、きみはあくまで本気になって再建に努力している。そしてある日、ふいに破綻《はたん》が訪れる。きみ自身がうろたえ、あわて、騒ぐ――その方が迫真的でいいわけだが」

江島は、原口のそうした姿を眼に描いて、たのしむようにして言った。原口を一

つの人形としてしか見ていない言葉であった。しかも、江島はその非礼さ非情さを少しも意識しようとはしない。

つけ入るすきのない態度で、江島は話し続けた。

「しかし、きみにそれぐらいの演技の出来ぬはずはないし、だいいち、それではきみに対する敬意を失するというものだ」

これほどの仕打ちを与えておいて、いまさら、何という言い方か。

原口は眼をつり上げた。江島は笑いを漏らし、

「これは、本来、きみが陣頭に立って事を進めてくれるべきものだった。そうだね、きみ」

「………」

「しかし、きみのような人柄にそれを望むのが酷なことは、よくわかっている。相談すれば、引受けてくれなかったろう。だが、会社はきみを必要とした。表面立てて送りこむには、きみのような人材でなければならぬ。そのため、止むを得ず、わかってくれるね、止むを得ず、詳しい事情は話さずに、きみに出向してもらったわけだ。そして、その上で、ある程度、小廻りのきく冷血漢」

江島はそう言って、大久保に笑いを向け、

「彼に実際の作戦を進めさせるという二段構えをとったわけだ」

「……」

「だから、きみを無視したのではなく、きみの人柄を尊重したから、こういう段取りになった。了承してくれたまえ」

了承できるものではない。原口は小さく首を横に振った。

江島はとり合わずに話しつづけた。

「きみの赴任以来、下請けへの支払いはよくしてある。今後は三カ月以上の手形払いにするが、発注した分はよろこんで納めてくれるはずだ。そこで納入された部品や材料は、すべてうちの会社で抑えてしまう」

「……」

「製品についても不動産関係と、同様だ。いまから抵当権の設定できるものは、すべて抑えておく。その上で、適当な時期に内整理を発表する」

「いつごろ」

「早ければ一カ月、おそくとも三カ月以内に」

「そんなに……。何とかなりませんか。もう少し時間を貸して」

「再建のメドがあるというのかね。メドがあるものなら、もうとっくに」

「なるほど、きみの再建構想はあろう。だが、それはあくまでもペイパー・プランだ。実際に可能かどうかは、もう以前から大久保が検討しつくしている」

「すると、もう潰す以外に手はないというのですか」

「うん、救いようがないな」

救いようのないところへ旧友を追いやって平然としている感覚はどうなのか。原口は、不機嫌さをあらわにして立ちつづけていた。いまは、黙っていることだけが意思表示であり、抵抗であった。

江島は、椅子に坐り直すと、二本目の煙草を口にくわえた。

だが、ふと思い出したという恰好で、煙草を指に戻し、

「きみは、こういうことになるのを、全然予想しなかったというのかね」

手痛い質問であった。

全然予想しないといえば、事業について無知であり無関心であることを告白するようなものであり、うすうすながらも予想したといえば、それを知って出向したのだから、いまさら何をということになる。

大久保が催促するように咳払いしたが、原口は黙っている他はなかった。そして、

その沈黙は、もはや抵抗とだけは読みとられなくなっていた。

江島の口調も変って、部下を慰めるように、

「きみの場合、いったん会社の籍を離れているが、整理が一段落したら、もちろん戻ってもらって、十分、苦労に報いる処遇をしたい」

「いえ、そんなことより、わたしは……」

「しばらくでも専務をやって、愛情が湧いたというのだろう。あり得ることだ。いや、経営者としては、そうあらねばならぬ。久阪機器の経営者たちが、これまでもそうした気持でやってくれていれば、こんなことにならなかったのに」

「………」

「きみが潰すのでも、われわれの会社が潰すのでもない。あの会社は、倒れるべくして倒れるのだ。むしろ、われわれはあの会社を助けてやってきた。三億近い金を出してやったが、あれがなければ、もう、とっくになくなっていた会社なんだ」

「………」

「そうは言っても、きみの気持としては割り切れぬものがあるだろう。ただ、きみも三十年、三洲重工で生きてきた人間だ。私情を殺して、ひとつ会社のために尽くしてくれんか」

まだ打合せのあるという大久保を残して、原口は久阪機器へ寄った。

部屋へ入る。

すでに秋に入り、また車に乗ってきただけなのに、しきりに汗が流れた。

衝立越しの大久保の席を見る。原口のに比べて、デスクも椅子も一段とおそまつである。

原口の後には、大きな瓶に溢れるほど花が活けてあるのに、大久保の後は、飾皿一枚が置いてあるだけ。原口に比べて、一段と格を低く、つつましくというのが、大久保の姿勢であった。

その点だけは、原口も好感を持って眺めていたのだが——。

だが、いまはそれだけに許せない。

へり下ったポーズをとりながら、その実、原口をなぶり殺しにする計画を、そこで着々と練っていた。いや、なぶり殺しなどというものではない。原口をはじめから小間づかい程度にしか考えていない不遜な精神がそこに腰を下ろしていたのだ。

そう思うと、原口は心の中にまで汗をかきそうであった。

腰を上げた。衝立を廻り、大久保のデスクの横に立った。

デスク脇のスチール製ファイリング・ボックスには、錠がかかっている。それを開閉する金属音が、毎日の時間を区切っていた。

経理部長である以上は、当然の用心深さと思っていたのだが、そこには、久阪機器の倒産計画も納められていたにちがいない。

デスクの上には、ガラス板の下にメモとかカレンダーとかが散らしてある。

その端の方から、笑いかけてくる眼があった。

男の子の写真であった。三枚あった。顔を見て、大久保の子とわかったが、足が不自由である。大久保の細君につかまるようにして立っている写真、大きな歩行器を押している写真。そして、ころんだ写真。

よく撮れていた。しかし――。

そのとき、ノックもなく、ドアが開いた。

大久保が戻ってきたのかと、ぎょっとしたが、入ってきた方も「あっ」と声を立てた。

久阪社長であった。

眼が合うと、久阪は、ほっとした顔になった。

「やれやれ、あなたでしたか」

だが、原口はかたくなっていた。

大久保でなかったということで、一つの緊張からは解き放されたが、もっと大きな別の緊張に包まれた。

江島の部屋での謀議。悪意は、体臭のように匂うものである。

やましい思いが体を走り、それに逆らうように眼に力をこめて久阪を見返した。

「あなたが帰られたという連絡があったものだから」

「………」

「ところが、あなたの席に姿がなくて、こちらに……。大久保さんかとびっくりしましてね」

赤犬がのっそり入ってきた。

原口に近より、一廻りし、主人の安全をたしかめるようにして、戻って行く。

原口は息をつめて、犬の動きを見送ってから、

「大久保が居ては、まずいのですか」

久阪は、顔の皺を深め、

「いや、別に……。ただ、今夜ひとつ拙宅へ来て頂こうと思いましてね」

「どうしてです」

原口はかたい声になった。久阪はまたたきしながら、

「どうしてって。別に、何でもないんです。この前、赤坂でわたしがごちそうするつもりが、結局は……」

久阪がポケットマネーで勘定しようとするのを、原口は仲居に言いつけて受けとらせなかった。

そのときには、別に深い理由があったわけではない。親方日の丸的立場から相手にあわれみをおぼえたためでもあり、たとえわずかでも、恩義を受けたくはないと思った。

「家内に話しますとね、『それなら手料理だが、いっそ、宅へ来て頂いたら』と言うんです。恐縮ですが、どうです、今夜お越し頂けませんか」

「………」

「老夫婦二人だけです。赤坂も静かでしたが、宅の方がもっと静かで水いらずです。どうでしょう」

久阪は、熱っぽく続ける。

「それに、こんなことをしちゃ失礼だが、さっき秘書に訊いたら他に御約束もないようだし……。家内は気の早いやつでしてね。もう買物に出かけましたよ」

久阪は照れたように笑った。江島との謀議を感づいている様子はない。

だが、場合が場合だけに。

原口が三洲重工へ出かけたことは知っており、うまく探りを入れようとするのかも知れない。それに、警戒しながらも、酒の勢いで原口が些細《ささい》な失言をする危険もある。些細ではあっても、久阪にはたちまち謀議を感づかれそうな言葉を。

それに、久阪の家へ出かければ、大久保の疑いを招くことになりはしないか。

「大久保君は、いっしょじゃないのですか」

「いや、大久保さんは、これまでも何度かお誘いしましたが来て頂けません。『うちを相手にして下さらんのだろう』と、家内の方がつむじを曲げてしまいました。たとえ、お誘いしても来て下さらんでしょう」

「………」

「それに、今夜はひとつ会社のことを離れて、あなたに人間的なおつき合いをして頂きたいと思っているのですから」

話が永引くと見たのか、赤犬がごろりと床の上に寝そべった。

「何といっても、老夫婦二人の淋しい生活です。気のおけないお客なら大歓迎。張り切っている家内を悲しませたくない」

久阪は独言のような口調になり、

「どうも、こりゃ、こちらのわがままばかり申すようだな。嘘もかくしもないところなんだから。どうでしょう。原口さん」

久阪自身が当惑している感じである。それ以上の計算は感じられない。それだけに、辞退しては、かえって怪しまれるかも知れない。

それに、大久保が一度も招きに応じたことがないということが、かえって原口の心をそそった。少しでも、大久保と同じ道を踏みたくはない。

「そうですか。それほど仰言るなら」

それは、原口には小さくない決断に思えた。

社長の家というので、どれほどかと思って出かけると、三部屋あるだけの質素なもの。庭には菊の鉢がならんでいた。

通された座敷は、書斎も兼ねているらしく、文机があり、その上に何冊か本が積まれていた。歴史書ばかりで、英文のものもある。

「歴史に興味がおありですか」

「昔から好きでした。栄枯盛衰は世の習いというが、そのくり返しを読んでいると、実に味があり、重みがある。人間の積み重ね——その積み重ねの果てが今日の現実に続いているんですからね。それに、歴史の解釈ひとつひとつに、著者の時代や人生が逆に浮彫りされてくる」

夫人に注意されるまでは、ビールを注ぐことも忘れての話しぶりである。手づくりという言葉がぴったりする料理が並んでいた。

「わたしは父親さえ許してくれれば、歴史学者になりたかった。大学は経済だが、歴史科の教室へばかり顔を出していましたよ」

「……」

「何度か機会はあったのです。だが、わたしはひとり息子でした。どうにも父をすて切れなかった。そう、背《そむ》くというより、すてるという感じだった。それは出来ない。その結果、今日こういう無能な経営者になり果てて……」

「社長のお子さんは」

「二人居ました」

久阪は完了形で言い、

「長男は、レイテ沖で戦死、次男は、ビルマでした。これは戦病死ということで、終戦後一年ぐらいしてから通知がありました」

「…………」

「歴史の悲劇は読みなれているというのに、悲しかったし、腹も立ちました。こんな無責任な歴史は、はじめて読んだという感じでした。信じられません。いまだに信じられませんよ」

「…………」

「いつか、暇と時間が出来たら、わたしは家内といっしょに人生最後の旅行にビルマへ行ってみたいと思っています。それが、いまのたのしみでもあり、生甲斐でもあるわけです」

二人のコップが空になっていた。原口が久阪に注ぐと、久阪はあわてて、注ぎ返しながら、

「もっとも会社の方はどうかということでしょうが、これはもう、正直、わたしの手には負えなくなっている。若い人、新しい人にやってもらう他はない」

「…………」

「わたしとしては、それまで何とか皆さんに迷惑のかからぬように持ちこたえて行きたいと、ただそれだけです」

原口は、ぎくりとした。江島との謀議に感づいた上での言葉のようにもひびいた

のだ。

だが、久阪はすぐ話題を変えた。

「あなた、戦争の御経験は」

「南支に居ました。輸送隊です」

「戦闘にも参加されたんでしょう」

「多少は……。しかし、まあ後方勤務の方です」

「よござんしたねえ」

白髪まじりの夫人が横から言った。

よいとばかりは言い切れない。原口には一つの心の傷が出来た。

広東《カントン》の部隊本部に居たとき、便衣隊《べんいたい》だという中国人を二十人ぐらいずつ、町はずれのある丘陵地帯へ運んでいった。

銃殺するためである。試し斬りと称して昭和刀を振り廻しに来る若い将校たちもあったが、いつも殺し切れず、最後は銃弾で斃《たお》した。

捕虜たちは、早朝、トラックに積みこまれるとき、死を予感するようであった。はげしく逆らう者もあれば、泣きわめく者もあった。ときに女も居れば、明らかに無辜《むこ》の農民らしい男もあった。捕えられたのが不運という他はないようであった。

そうした連中を、銃の床尾《しょうび》でなぐりつけるようにしてトラックにのせる。原口は見て居られず、いつもエンジンの点検と称して、運転手席に入りこんでいた。

トラックが走り出してしまえば、荷台に護衛の兵が二人、原口の横に下士官。原口がアクセルを踏む限り、二十人を確実に死へ運んで行く。原口は、脂汗をかき続けた。

どこかに逃げ場はないのか。彼等のための「非常口」は。

エンジンの故障を装《よそお》って、水牛の遊ぶ田んぼの中の道に車をとめる。あるいはパンクするように仕組んでおいてもよい。

十分、二十分ととまっている間には、ゲリラに連絡がつき、彼らに逃走のチャンスが来る。二十人だけで反抗しても、三人相手なら、誰かは逃げられるだろう。

原口は、何度かそれを思った。

だが、一度も決行しなかった。彼は何より忠実な帝国軍人であったし、逆に、自分の生命が危険になることをおそれた。

そうして彼は幾日となく中国人たちを、逃げ場のない死の道へと運び続けたのだ――。

死も苦しかろうが、死なせることの苦しさを彼は味わいつづけた。自分で二度とハンドルを持とうとせぬのは、安全第一主義のためだけではない。

「大久保さんは、戦争の経験はどうでしょうか」

「たしか、海軍の主計将校だとか」

「主計？　それは運がいいですな」

「そう、ついてる男ですよ」

「でも、あの人、子供さんが……」

夫人がまた口を入れた。原口は、その午後、大久保の机上で見たばかりの写真のことを思い出した。

「あの男は何も言いませんが、そう言えば彼の机の上の写真を見ると……」

「そう、それなんですよ。わたしどもも、写真で気がついたんです。ねえ、あなた」

「うん」

夫人は腰を上げた。隣室へ入って行ったが、すぐカメラ雑誌を持って引き返してきた。

「おまえ？」

久阪がたしなめにかかったが、

「いいじゃありませんか、こうしてちゃんと発表なさってるものなんですから」

原口は開かれたままの雑誌を見た。

〈愛児〉と題された六枚の組写真である。手足の不自由な様子が、そのまま無残なほど克明にとらえられている。湯上りであろうか、左右アンバランスな足の太さを撮したものもあった。そして、そこに泣いたり歪《ゆが》んだりして映っている顔は、正しく大久保の机上で見たのと同じ子供であった。

撮影者の姓は大久保だが、名だけは本名ではない。

「カメラに趣味があるとは聞いていましたが」

「とんでもない。これは趣味なんてものじゃありませんよ。子供を売りものにしている異常心理です」

強い口調で言う夫人に、久阪は、

「しかし、不自由な子が成長して行くというのは、ふつうの子以上にうれしいことかも知れんよ」

「また、あなた、それを。……人目にさらしたくない——それが、親の人情です、愛情ですよ」

原口は、写真の横の文句を読んだ。

〈不自由な愛児が、不自由ながらも日ごと月ごとに新しい生きがいを発見して行く

――薄倖な子に注ぐ父親の愛の観察記録!〉

「なるほど、愛の記録ですか」

原口は溜息をついた。

なるほどとは思いながらも、原口にもそれはすなおには伝わって来ない。自分の子供の不具までを――という非情な感じが、まず押しかぶさってくる。

そして、一方では、その不幸な子の将来のために立身出世に駆られる鋼鉄の男の姿を思い知らされるのであった。

久阪は、酒を無理強いはしなかった。

それに、原口はそのとき、どれだけのんでも酔えぬ心境であった。倒産計画のことを思うと、ごちそうになっているより、苦行にまかり出ている気分であった。

さめた心のままに、老夫婦の相手を二時間ほどつとめて辞去した。

そのまま家に帰る気になれず、銀座に出た。ひとりになって、思うままに酔い、酔った自分と話したかった。

ほとんど夜の遊びをしないので、通いつけの店というものもなく、いちばん最近に行ったバーである〈きぬえ〉へ行った。

ママの絹江が江島の女であるということももちろん頭にあった。絹江相手にくだを巻いてというほどではないが、江島の内懐でのみ狂いたいという衝動も働いた。行けば、江島に会うかも知れない。そのときはそのときのことと思った。

地階に下りて、ドアを押すと、先回は気づかなかったのだが、そこにボーイが居た。原口の顔をあらためるように見て、

「あの、どちらさまでしょうか」

「客だよ」

「はア、お客さまはわかってますが……。ここは会員制になっておりまして」

原口は、むっとした。常務と専務、友だちづき合いとは言いながら、江島はバーにまで垣根をつくっていたのか。

「どなたからか御紹介でも」

「江島……三洲重工の江島君だよ」

クンに力をこめた。ここ数年来、はじめての君づけであった。

効き目があった。ボーイはふり返って、何か合図した。

女の顔が近づいてきた。

「あら、おひとりですの」

おぼえられていて、ほっとした。

「うん」

ついい、鼻を鳴らすように答える。

絹江は、原口をスタンドに案内した。

「ジョニイ・ウォーカーのダブル、ハイボールで」

「赤でしょうか、それとも……」

「黒だ」

怒ったように言った。その後、絹江に向って、

「ずいぶん黒があるな」

「ええ、よく出るものですから」

「……」

「今日は江島さんとごいっしょじゃありませんの」

自分の男に〈さん〉づけとはしらじらしいと思いながら、

「いまは、いっしょの会社じゃないんだ」

「あら、そうでしたわね。今度の会社のお名前は……」

「久阪機器」

絹江は、黙ってうなずいた。

「知ってるのか」

絹江は、小さく首を横に振り、

「ごめんなさい。だって、会社の数多いんですもの。わたし、株もやっていないし」

原口は、ハイボールをあおって、

「株は上場していない。ちっぽけな会社なんだ」

〈潰れる寸前の会社だ。いや、おまえの男が潰しにかかっている会社だ〉と言い添えたいのをこらえた。

その代り、急に意地悪くなり、

「きみ、子供は」

「え」

「きみに子供はいないかって、訊いてるんだ」

「あらあら、……そんな、居ませんわ」

右頰をくぼませ、匂うように笑って、

「主人がないんですもの。あるはずがないじゃありません」

〈何を〉と思った。

「ほんとうに男が居るか居ないか、きみの家まで検分に行くぞ」

ハイボールのお代りを注文してから、絹江を洗うように見て、

「しかし、金がかかるだろうな」

「とんでもない。食わせてあげますわよ」

「いや、ここまで来るのに、ずいぶん投資しているはずだ」

その金を、江島はどこから、引き出してきたのか。

原口は、ふっと大久保のことを思った。

腹心を子会社の経理担当重役に送りこんでおく。そして、怪しまれそうになる前に、倒産させてしまう。そこにはかなり大きな操作の可能性があり、それがあるから、江島は大久保のような敏腕の部下を手許から離したのだ。

原口はくり返した。

「金はどこから」

絹江は、はじめて眉を寄せた。ドアマンに送り出させておけばよかったと、悔いが走っている。

だが、すぐまた笑顔をつくって、

「それは、多勢の方からお借りして……。会員制ですもの、結局は割安になると、みなさん仰言って」

「おれも会員にしてくれるか」

「……それが、もう、十分に集まってしまいましたの」

「それじゃ、欠員が出来たときに」

「……」

「いいね、ぜひたのむよ」

会員になり、しげしげとバーに通う。人づき合いの悪い原口としては、ひとりで来ることが多い。そして、絹江に接近し、いつか絹江を江島の手から奪う。江島は打撃を受ける――三文小説によく出てくる復讐の型である。

もちろん、原口にそうする気はない。風采にも自信がなければ、何より金がない。会社の金にしても、大久保の眼が光っている。

それに、原口にはそれほどの根気も意欲もない。ばからしさが先に立つ。仮に復讐が成るとしても最低だという気がする。復讐と同時に、それ以上に自分を卑小にすることではないか。

「では、ごゆっくり」

絹江が去りかける。

原口は、あわてて呼びとめた。

「ママ、もうちょっと」

「何ですの」

「きみも何かのめよ」

一瞬、絹江は計算して、

「そう、それじゃ、わたし」

と、バーテンダーに眼くばせする。

「今度はシングルにしてくれ」

原口は、三杯目をたのんでから、

「ここの非常口はどこだ」

「非常口？　そんなの、ありませんよ」

「あるだろう。隠さないで、教えてくれ」

「隠すだなんて、もともと、ありません」

絹江は、橙色《だいだいいろ》のカクテルに唇をつけ、

「この程度のお店なんですもの。何かあったら、階段を昇れば」

「階段が火でふさがれたら、どうする」

「いやな話、なさらないで」

「え、どうする」

「そんなこと、起りませんよ」

「起るはずのないことが起るのが、このごろだ」

絹江は、バーテンダーと顔を見合わせた。そして、もうこらえかねたというように、

「ごめんなさい。わたし、ちょっと」

原口の返事を待たずに、ボックスの方へ歩いて行った。

「非常口、非常口か」

原口は、濡れた下顎をなでながら、つぶやきつづけた。

計画倒産という非常事態——それに対抗する非常口はどこか。原口自身の非常口はどこなのか。

倒産をうまくやりとげれば、復社させた上で厚遇するという。倒産を立案し巧みに推進したということで、大久保には輝かしい将来があるであろう。

だが、原口の場合は、ただの木偶《でく》でしかない。冷笑でこそ迎えられるとしても、

拍手で迎えられるものではない。

復社すれば、あるいは娘はよろこぶかも知れぬが、それもあと二年。その間も、部長の椅子はすでに譲り、どこかの部の隅で飼い殺しの机を与えられるばかり。終始、冷笑を背に受けて。

三洲重工へは、意地でも戻りたくない。

しかし、ここまで来れば、久阪機器の倒産は避けられない。親会社が潰す気になれば、救いようがないのだ。

「もう一杯」

「ピッチが早いが、大丈夫ですか」

バーテンダーが訊く。

「大丈夫。非常口は要らんぞ」

酔って来ていた。

久阪機器の従業員に対する愛着はあまりない。あの無気力な連中は、ぼそぼそつぶやきながら、別の働き口を見つけて移動して行くであろう。

気になるとすれば――。

原口は酔った眼に、燃えさかる炎を見た。そして、その炎の中から老社長と犬とを救い出している自分の姿を。

炎の中には、数多くの下請業者も巻きこまれるであろう。その家族の泣き叫ぶ声も聞えて来そうである。涙の眼、怨みの声は、すべて、原口と老社長めがけて殺到してくる——。

不本意であった。人を傷つけず、また自らも傷つかず、慎重一途に歩いて来たというのに、なぜ、いまになって、こんな目に遭わされるのであろう。

怒っていい。はげしく、いきり立っていい。

だが、誰に対して。

原口には、庇《かば》うべき味方は少ない。それと同時に、にくむべき敵もごくごく少ない。それが非常口氏の生涯の決算である。

それを思うと、原口はその憤りを誰よりも自分自身にぶつけたくなる。なぜ、こんなに貧しく淋しい人生を営んできたのか。

だが、いまとなっては、それを悔いても、いっそう自分を貧しくするばかりだ。

これ以上、自分をみじめにせぬためには——。

戦う他はない。すでに眼のあたりに見えるような貧寒とした復社の道をころがるよりも、どうなるかわからぬが、それとは別の非常口——いや、それはもはや非常口とはいえないが——別の道を歩むのだ。誰にも設計されず、誰にもかつがれることのない道を。

力の充溢を感じることの少なかった原口の人生で、その唯一の例外は久阪機器に移ってからの一時期であった。次々と企画を立て、実行に移し、再建の牽引車たらんとした。

そのすべてがあざ笑われるとあっては、原口の人生そのものが侮辱されることでもある。あまりにも見くびり過ぎている。

それに比べて、江島は——。

旧友まで踏台にし木偶にして、いっそう涼しい顔で栄達への道を歩むであろう。社長の椅子さえ遠くないはずだ。無数の人を傷つけながら、彼は傷つくことも知らぬげに人生の花道を進んで行く。息子の不具にさえ傷つかぬ腹心大久保と同様に。

彼らこそ、親方日の丸の権化のような男。その〈安泰感〉をゆさぶってやらねばならぬ。

電話が鳴った。

バーテンダーが出、絹江と代る。

絹江はこわばった顔になり、やがて、うずくまるようにして、カウンターのかげにその顔をかくした。

電話の切れる音がし、次の瞬間、何かバーテンダーに言い残すと、絹江は階段を駈け上って行った。

原口の並びに電話寄りに坐っていた客が、にが笑いして、つぶやいた。

「あれくらいの女でも、やっぱり女は女なんだなア」

頭のはげ上った未知の客だったが、

「どうしたんです」

さりげなく訊くと、

「ママのパトロンに、別の女が出来たようだ」

「すると、江……」

そこまで言ってやめた。

客はにが笑いし、

「御存知なんですな。彼も仕事師だが、たったひとつ……。いや、男としては、うらやましい話だが」

「それにしても、このママを振らせるほどの女というと……」

「赤坂の若い芸者らしいな」

原口は、理由はないが、妙子のことと直感した。十何万とかの美容風呂に入ったり、月の手当が二十五万などと言ってのけていたあいつ。

許せないと思うと同時に、思いがけず笑いが出た。

「どうしました」

「いや、わたしはつい先刻まで、ママを口説いてパトロン氏の鼻をあかしてやろうと思っていたんですよ」

「なるほど、お互いに思うことは同じですな。……もう鼻をあかすわけには行きますまい。要らなくなったものには、眼もくれないのが彼の流儀です。ここへの投資は、もうとっくに回収したんでしょうから」

「回収？」

大きな声で言い返す原口に、客は顔をしかめてくり返した。

「そう、回収済みなんですよ」

原口は、自問自答をくり返した。

〈会社員としての生きがいは何だ〉

〈会社への忠誠さ〉

〈その会社とは、おれを育ててくれた親会社なのか、いま、おれが居る会社のことなのか〉

〈さあ……。適当に折り合わせて〉

〈一方への忠誠は、他方への反逆になる。妥協の余地はない。択一的な選択だけだ〉

〈それでは、恩義を棚上げして、今後のプラスになる方を選べば〉

〈それは、親会社に……。一方はゼロだが、親会社につけば、ゼロよりは……。しかし計算はもういい〉

〈それを言うなら、いっそ人生意気に感じて生きる方を選んだら〉

〈残念ながら、意気に感ずるような人は居ない〉

〈悲しい男だな。それでは、おまえをたよりにする人々のために〉

〈女房子供か。しかし、もうあの連中のことはたいして考えなくていい。あの連中は、みんな十分に自分の世界を持っている〉

〈その他に誰もお前をたよりにする人はないのか〉

〈……残念ながら、これもない。ただ老社長と犬が〉

〈犬か。冗談を言うな〉

〈しかし、あの犬のことが、どうにも頭にちらつく〉

〈犬より、お前自身の非常口のことを考えたらどうだ〉

〈非常口――もう結構。へっぴり腰になる必要だけは、幸い、なくなった。絶望の強みとでもいうんだろう〉

〈それなら――〉

〈そう、それなら。しかし、いまとなっては――〉

倒産は避けられぬとしても、計画倒産を失敗させる方法はないか。計画通りに進めさせぬ方法はないか。

いちばん手っとり早いのは、人を介して業界紙記者あたりに計画倒産計画を漏らすことである。

たちまち債権者が殺到して、三洲重工は独占的に担保権を設定するどころか、ろくな回収も出来なくなるであろう。大久保は挫折し、江島の面子《メンツ》も潰れる。

だが、それは手段として、原口の気に入らない。あまりに姑息《こそく》であり、陰険である。

同様、二重帳簿を税務署に密告するということも、陰険過ぎる。

帳簿類を調べて、江島との関係での大久保の背任容疑でも見つけ出し告発することだが、複雑な帳簿の中から、それらしい材料をさぐり出すことは難しい。

江島たちは、原口の性格まで計算し抜いていた。原口が反逆を試みようにも、その手段はほとんどないのだ。

その数少ない一つとして、下請業者への注文を止めるという手がある。これは難しくないが、それだけに江島たちへの打撃も少なくてすむ。下請業者への面子という点では、老社長も傷つかずにすむ。

そこまで来て、原口はあらためて老社長のことを考えた。

大量に納入させた上で踏み倒せば、下請業者の怨みは、久阪と原口に集中するであろう。

〈みなさんに迷惑のかからぬようにして〉

と、それだけ念じている観のあった久阪。

あの老人にとって、計画倒産の荷担《かたん》者と見られることは、生命をちぢめるような苦痛となろう。不本意なままに、債権者に吊し上げられ、事実、生命をちぢめることになるかも知れない。

そのとき、あの犬は――。

そう、犬なんか、どうでもいいかも知れぬ。しかし、犬の幻影は一生、原口の頭の周りを廻りつづけるであろう。その背を気味悪く、すり寄せながら。

久阪の家に招かれて一週間ほどして後、原口は大久保の外出中なのをたしかめてから、社長室に久阪を訪ね、社長辞任を切り出した。

久阪は、さすがに、おどろいたようであった。

「ど、どうして、わたしがいまの時点で罷《や》めなくちゃならんのですか」

原口はできるなら、事情を説明しないでおきたかった。いざとなると、波紋をできるだけ小さくしておこうという本性が働く。

「今後は御苦労がふえるばかりでしょうから」とか、「気分を一新した方が」などと、抽象的な言い方ばかりしていた。

久阪の顔から笑いが消え、しだいに血の色がさした。そうした久阪の変化がわかるのか、犬は落着きなく、二人の間を往来する。

説明を逃げつづける原口に、久阪は最後に業を煮やしたように言った。

「要するに、あなたが、社長になりたいということですな」

「………」

「それならそれで、はっきり仰言って頂いた方が気持がいいじゃありませんか。わたしも、いずれはあなたが社長にと考えていたことですから」

そう言ってから、久阪ははじめて未練気に、

「ただ、これほど早く追い立てられようとは」

「いえ、追い立てるわけではありません」

「それなら、わたしの思うように。……それとも、わたしの納得の行く説明を」

そうでなければ断じて退くものかという、意外に芯《しん》の強い決意が見えた。

原口はたじろいだ。温厚であるということは、唯々《いい》諾々《だくだく》の人ということではない。

「あなたを見損っていたようですな。わたしはあなたをもっと……」

耐えられなかった。

原口は、老社長こそ、数少ない味方になる人と思っていた。その人にこうまで言われては、どこにこれまでの心労があったというのか。

この人にだけは軽蔑されたくないと思った。そして、覚悟をきめて、倒産計画の一部を打ち明けた。もちろん、秘密を守る約束をさせた上で。

聞き終ると、久阪は眼を閉じた。眉に白い長い毛が、幾本かまじっている。その毛が、ときどき、ふるえた。

犬はようやく床に腰を下ろす。

かなり時間が経ってから、久阪は疲れ切った眼を開いた。

「ありがとう。あなたはいい方だ」

声をつまらせるように言うと、手をのばして、握手を求めてきた。

原口の右手を、両掌で包み、じっとにぎりしめる。やわらかな大きな手であった。

原口は声が出なかった。それは、それまでの原口の全人生の埋め合せとなるような熱い重い一瞬であった。

犬が、うすく茶色の眼をあけて、その握手を見上げていた。

三日経ち、五日経った。

原口は、息をつめるようにして、久阪の反応を待った。

誰にも妨げられずに、じっくり進退を考えたいのであろう。久阪は急に原口の前から姿を見せなくなった。

原口はしだいにじりじりし出した。

その週の土曜日の夜、原口は自分から言い出して、ドライブに出た。焦燥した気分をもてあましかねていたし、やがて車も手放さねばならなくなるという思いもあった。

その夜は光子たちに堪能するまで運転させてやろう。場合によっては箱根か熱海に泊ってもいいと思った。

横浜バイパスを抜ける。雨もよいのせいか、車は少なかった。黒い空。山が切れる度に、市街地の灯の海が見えた。

背に棒でものんだようなすました姿勢でハンドルをとりながら、光子が言った。

「わたし、お父さんを見直したわ」

「どうして」

「ボーイフレンドが言うのよ。傾きかかった中小企業に出向するのは、勇気のある男らしい仕事だって」

おやおやと思いながら、

「光子のボーイフレンドにも、いろんな種類があるらしいな。その男は、一流会社に就職しそこねたんじゃないか」

「茶化さないで。まじめに言ってるのよ。……わたしも、このごろそう思うの」

「そうか、それはありがたい」

眼をあげる。暗いながらに、妻の眼がバックミラーで笑っているのを感じる。

「でもねえ、お父さん。どうせ行くなら、社長になればよかった」

「………」

「その方がすっきりするし、たしかに栄転だと、みんな、納得するわ」

言っていることが矛盾しているが、光子はどちらも本気の様子である。

「社長令嬢――どんな会社か知らないけど、社長令嬢という言葉はいかすわ。男の子たちも、くらくらするんじゃないかな」

軽い口調だが、冗談ばかりでもなさそうであった。

「そう、そんなに社長がいいのかい」

それは、原口自身にも問いかけている声であった。

〈要するに、あなたが、社長になりたいということですな〉と久阪に言われたとき、原口は内心、一種の衝撃を受けた。〈社長〉という言葉が、ひどく生々しく原口の五官に匂ってきたのだ。

胸がかわきそうな気がした。

〈社長〉への渇望が、自分のような男の中にも眠っていたのかと、眼をみはりたい気持であった。

入社以来、一度も社長を夢見たことがないといってはウソになる。サラリーマンなら、誰だって社長になりたい。ただそれを実現不可能の夢とさとって、遅かれ早かれ、あきらめただけのことなのだ。

自分が心の戸をたたくように、

「そう、そんなにいいのか」

原口は、くり返し、つぶやいた。

「きまってるじゃない？　牛の尻尾よりトリの口というのでしょ」

「うん……。明日にでも潰れる会社か知れなくっても、社長ならいいというんだね」

「明日潰れちゃ困るわ」

「いや明日は大丈夫だ。日曜日だから」

「お父さんたら」

車の中には、久しぶりに屈託のない笑いが満ちた。

原口の眼には、久阪の居る社長室の光景が浮かんでくる。

〈社長室〉と書かれたドア。広いデスク。みがかれた床。もう、あの床に犬を寝そべらせるものか。

「のんきなことを言ってるけど、社長さんの仕事って、たいへんなのよ」

妻の綾子が、少し鼻にかかる声で言った。原口が社長になると信じ切っている声でもある。

たいへんなことは、わかり切っている。計画倒産後、債権者の波にとりかこまれ、突き上げられるさまが、いまから眼に見えるようである。

いや、そこまで行かなくても、〈従業員が組合をつくる気配がある〉と、大久保が言っていた。経理部長のくせに、よく気のつく男だ。

もし事実なら、倒産前に、組合相手に一悶着も二悶着もあるであろう。それでも構わぬ。一月でも二月でも、社長室の主に——。

もがいている中に、それまで知らなかった広いところへふっと出て来た感じである。迷いや悩みは消えて、はじめから社長室へのただ一本の道だけがあったような気がする。

この上は、一刻も早く久阪に退いてもらおう。そして、一日も永く社長の椅子に——。

ドライブ・インで一休みした後、原口は急に自分がハンドルをとると言い出した。

「お父さん、無免許でしょ」

「しかし、このごろのドライバー以上に年季が入っている。何しろ、軍隊で仕込まれたんだから」

「でも、つかまったら」

「こんな夜だ。白バイなど居ない。それに、仮につかまったとしても、社長がつかまってはたいへんだが、専務の間ならまだまだ……」

「あら、あんなことを」

「久しぶりに運転したくなった。何だか、光子の男友達のような若い気分なんだ」

車を手放す前に、一度だけ運転してみたいと、前から思っていた。

「本当を言うと、いつも乗せてもらっているばかりで、うずうずしてたんだ」

「……」

「今度こそ自分で乗りたい。乗せてやりたい。その他多勢を、思うままに運んでやりたい」

「おやおや、すっかり社長の心境ね」

「そう、従業員三人のボロ会社の……」

原口は、光子と入れ代った。

ギアを入れる。捕虜たちを運んだ軍用トラックとはちがい、ウソのように軽い。

そして、ウソのように滑らかに車は滑り出した。

アクセルを踏む。

風はうなりを立て、たちまち、巨象のような定期トラックを追い越した。

すでに二十年。ハンドルを持つ手に、何の罪障感もなくなっていた。これなら、なぜ早くドライブをたのしまなかったのか。

自分で運転するたのしみ。この爽快さは、赤坂や銀座の夜では買えなかったもの。おれはまだ若い。おれには、これから社長としての人生がはじまる——。

「藤沢バイパスよ」

光子がつぶやく。

行手には、大きく弓なりに水銀灯が並んで、先の方に一点、小型車の影があるばかり。

60、70、80……。

スピードメーターの針が、ぐんぐん廻って行く。

「危いわ」

光子の声がふるえる。

「大丈夫。見通しはきくし、道もいい」

「でも、この道には、魔の何とかがあるというわ」

次の瞬間、ふわりと車が浮いた。

ガードレールが、フロントグラスいっぱいの白い帯となって、とびこんできた。

その時刻、久阪機器では大混乱が起っていた。

会社をあげての残業のように、煌々《こうこう》と灯がつき、大小のトラックが次々と走りこんでは、荷を積んで出て行く。下請業者が殺到し、その納入した部品や材料を、いっせいに引き揚げにかかっているのだ。

事務所や工場の一画には、赤旗が立ち並び、鉢巻をしめた従業員が、それぞれ占拠の構えである。

久阪社長が、混乱の渦の中心に立っていた。犬が、その横にはりつくようにしている。

久阪は、長身を曲げ、ときどき犬の頭をなでた。それ以外に、手のやり場、心のやり場のない感じであった。

珍しい仕種《しぐさ》に、犬はとまどっていた。不安げに見上げてみるが、主人は落着いている。犬は吠えることはないと思った。

「うちで納めたのがどうしても見つかりません。これ、代りにもらって行っていかんでしょうか」

下請業者の一人が声をかける。

久阪は、ほとんど見ようともせず、

「ああ持っていらっしゃい」

「大丈夫ですか」

「とにかく持って行きなさい。問題が起れば、そのとき返せばいい」

「なるほど、返してもともとですな」

業者は信じられぬといった顔で久阪を見、一礼して引き退る。

工場の土地とか建物とか、不動産のめぼしいのは、すでに銀行の担保に入っている。だが、三洲重工が動く前であっただけに、機械・部品・原材料・製品関係には、まだまだ押えるものがあった。

弱い無担保債権者たちは、蟻のように、そして鍋の底を掻くようにして、生命の糧《かて》を担ぎ出して行く。

業者たちは、久阪を徳としている様子であった。従業員も当座のものを押えて、まずまず被害は最小限に食いとめられそうである。

何も残らぬのが、久阪自身。それに、原口専務――。

久阪は原口を待っていた。

何度か原口の自宅へ電話を入れたが、通じない。車を迎えにやろうと運転手に連絡すると、車は置いてきたままだという。

待つ他はない。深夜になるか、それとも、明朝になるか。原口が顔色を変えて駈けつけてくるのを。

久阪は、原口を裏切った。

下請業者へ計画倒産の話を漏らして廻った。そして、大久保たちが不在になる土曜日の午後をねらって、彼等が押しかけてくるように仕組んでおいた。従業員たちにも、組合をつくらせ準備させておいた。

倒産が避けられなければ、久阪はせめて後指《うしろゆび》のさされぬ倒れ方をしたいと思った。社会的に、誇りと体面だけは汚されたくない。それだけに、最後の執念を賭けた。妙な表現だが、人に褒められるみごとな倒れ方をしたい。

ひそかに弁護士も訪ねて、作戦を練った。その結果、三洲重工を出しぬき、原口を出しぬいての内整理となった。

久阪は、身をすてて従業員や下請業者を救うといった昂《たか》ぶった気持であった。その気持で、彼自身救われていた。

彼は、塑像《そぞう》のように冷え冷えとした重みを帯びて立っていた。

「社長さん、どうも」

その前を、下請業者たちが右往左往する。

久阪はまた犬を撫でた。

ふっと苦笑がにじむ。

従業員にも下請にも非常口を教えてやった。だが、その代り、原口からは非常口を奪い取った。あの慎重な、誠実そうな男から。

原口はどこへ行ったのだろう。

あの男が来たときにだけは、わしも、ひとつだけ頭を下げねばならぬ。

形式の中の男

一

「このごろ、疲れがひどいんだ」

そういってから、米原はサチ子が不安そうな表情になるのに気づいて、いい直した。

「いや、たいしたことはないんだが、ちょっと、妙な風に疲れる。疲れが抜けきらぬというか、どこか背中のあたりにたまって行く感じなんだ」

「もんでみましょうか」

「うん」

米原は、うなずいて、やや前かがみになった。

クラブ・サチではいちばん奥まった席だが、もちろん、まわりの客から見とおしである。

そこで、サチ子がソファに片膝をつき、米原にかぶさるような恰好で、背をもみにかかった。乳房のまるいふくらみが、米原の肩にふれてくる。

米原は、うすく目を閉じ、愛撫にもまがうその介抱を受けた。

クラブの客たちが、好奇心や羨望の入りまじった目で見つめてくるのが、閉じた瞼をとおしてわかった。それでも、米原は、うん、うんと、軽い声を立てながら、サチ子の指の動きにこたえていた。そのことに満足し、見せびらかしたい気持さえあった。

米原は、自分が変ったのを感じた。三年前、サチ子にそのクラブを持たせたとき、米原は、クラブでは、自分もふつうの一人の客として振舞うつもりでいた。決してパトロン面《づら》しまい、その気配は毛ほども見せまいと思い、サチ子にも、その旨きびしくいいつけておいた。それが、いつのまにか……。

「会社、このごろどうですか」

耳のすぐ近くで、サチ子がささやいた。米原はくすぐったかった。

「まああだな」

「不景気はひびかないの」

「不景気などというものは、気の持ちようだ」

指の動きを止め、斜め上から米原を見つめるサチ子に、米原は一語一語ゆっくりいった。

「不景気などいうて不勘定なるは、不精の家なり、という諺《ことわざ》もある」

「そんな諺、はじめてきいたわ」

「諺というより、近江商人の家訓だな」

「いろんなことを知っているのね」

「いい言葉だろう」

「もう一度いって」

ふたたび指を動かしながら、サチ子はあまえるようにいった。

いい心持で、米原がくり返すと、

「つまり、赤字を出すのは、不精だからということね」

「そうそう」

米原は、サチ子の腿《もも》をやわらかくつまんだ。かわいい。米原のいうことは、のみこみが早い。

「耳が痛いわ。努力せよ、努力せよというわけね。いかにも、あなたらしい言葉ね」

客が一組入ってきた。銀座でいちばんピークの時間である。それでも、十組は坐れる席に、四組の客しかいない。

サチ子は黙ってもみ続ける。

（努力だけではどうにもならないのよ。だって、わたしたちにどういう努力をせよというの。街に出て客の袖をつかんでひっぱってくるわけにも行かないでしょ）

そんなつぶやきが次にきこえてくるのではないかと思っていると、サチ子は別のことをきいていた。

「会社でやってる大磯のゴルフ場は、まちがいなくできるんでしょうね」

「うん……。できる」

答えてから米原は、サチ子の顔をすくい上げるように見た。

「どうしてそんなことをきくんだ」

「……農地法とかがからんで、何か問題が起きてると、ゴルフの雑誌に出ていたそうよ」

「雑誌は勝手にいろんなことを書く」

米原は少し背を反《そ》らせるようにして続けた。

「当の経営者がそういっているんだから、まちがいないだろう」

「でも、副社長の菊井さんの意見はちがうわ」

「何だって。あいつ、どんな風にいったんだ」

「さあ、どうかな。いろいろ難しい問題があるからなあって、おっしゃったのよ」

「菊井がそんなことをいったのか」

米原は、クラブの中を見渡した。どの席に坐ってしゃべっていったのか。菊井の姿を、にくにくしく思い浮かべた。

おれの元気のないのを見越して、あいつ、このごろ、すっかり傍若無人になってきている。これでは、社内の統一がとれなくなるではないか。

「もういい」

米原は、背をゆすって、サチ子の手を放させた。

「あまり気にしないで。わたしのきき方がまずかったのかも知れないわ」

サチ子に答える代りに、米原は手をのばしてグラスをつかみ、レモンを浮かべた水割りを一息にのみ干したが、そのあと、急に吐き気を感じた。

サチ子には、すぐその様子がわかったようで、

「一度、病院で診てもらったら。顔色もひどくわるいわよ」

「そんなにわるいか」

「ええ」

「ここの光線のせいだろう」

「いいえ」

「いやにはっきりいうなあ」

「だって、心配なんですもの」サチ子は、あたたかな腿をおしつけてきて、「サチ子のたよりにするのは、あなたひとりだけ。忘れないで」

米原は、サチ子の手をにぎって、うなずいた。

「今度は、いつ寄って下さる？」

情事の催促である。米原は、サチ子のマンションへ泊ることはない。夕方や、ときに日中に出かけ、あるいはクラブを早目に引きあげさせたりして、情交をもち、どんな場合も、おそくも十一時までには家に帰ることにしている。

米原を恐妻家と見る向きもあったが、米原は、それを自分なりのひとつのけじめと考えていた。

妻の澄代に、サチ子のことは知らせてない。澄代は、米原には重い妻であった。

苦学生だった米原に学資を出して大学を卒業させてくれたのが、澄代の父親であったというだけでなく、家のことに構わぬ米原に代って、二人の男の子を医者と学者に育て上げた。

そのりっぱな家庭に家庭としての威厳を持たせておきたい。それがまた、社長としての米原の威厳を保つことにもなると考えていた。

副社長の菊井のように、いや、米原の知っている何人かの経営者たちのように、羽目をはずした女遊びをする気にはなれなかった。

それにしても、サチ子とは、このところ、もう二月近く肌《はだ》を合わせていない。体の調子がわるいせいで、その気が起らないのだ。

「近い中に……」

あいまいにつぶやく米原に、サチ子は思い直したように、

「でも、そんなことより、病院が先決ね。明日にでも、きっと出かけて下さいね」

「うん……」

「元気になられてから、いくらでも……。わたし、それをたのしみに、辛抱してるわ」

ききわけのよい子に目を細めるように、米原はうなずきながら、サチ子の手をに

ぎった。

サチ子は、米原の長男と同年の二十九歳であった。ただ、サチ子は、そのあと、少し気がかりなことをいった。

「その代りといってははずかしいけど、会社の人に、精々ここへくるようにおっしゃってね」

「うん……」

米原は、また、あいまいにうなずいた。交際費節減という一律の指令は出してある。クラブ・サチだけ例外というわけには行かない。

ただ、米原は、気心を知った側近には、いまも、「どうせ接待するなら、クラブ・サチを使うように」と、いってある。

それというのも、米原の頭の中では、クラブ・サチは、交際費を合理的に使うための米原産業の接待用クラブのつもりであった。

米原は、サチ子に店を持たせるとき、米原産業の客には、割安の値段でサービスするよう、いいつけてある。一部の経営者仲間のように、自分の会社関係者に高い金を払わせ、それを自分の女に吸い上げさせるなどということはしない。逆に、サチ子にも会社に奉仕させるつもりでいた。

そのつもりがあればこそ、米原自身も、いつも客をそのクラブでもてなしたし、会社の幹部たちが競ってそこを使うのに満足してもいた。

「このごろ、うちの連中はどうだね」

「それが、めっきり減ってしまって」

「……」

「引き締めムードのせいと思って、あきらめているんですけど、ただ、新橋行きは多いんですってね」

新橋近くに菊井の女が出している小料理屋「きく」がある。座敷の他に、スタンドや小部屋もあり、係長クラスの者まで出入りできる店である。

米原とちがって、菊井はあけっぴろげにそこを使い、仕事に追われると、そこに寝泊りして、日本橋の会社へも通ってくる。夜間、副社長をつかまえるには、「きく」へ電話すればいいといわれるほどであった。

「そうかなあ」

米原は、信じられない、信じたくないといった風に首をかしげてから、自分自身を納得させるようにいった。

「ホステスをはべらせたりしているより、小料理屋で一杯という方が、安上りに思えるんだろう」

「それなら、話はわかるけど」

「……何か他にあるのか」

「……このごろ、会社の中で、菊井副社長の力が強くなってきているんですってね。『ほほえみ』とか『笑《え》くぼ』とか、菊井さんの考えたプレハブが大あたりして」

米原は、思わず鼻を鳴らした。

「売れるには売れてるが、それは、プレハブ事業部、いや、会社全体の努力のおかげで、菊井個人の手柄がどうのこうのというのではない」

「もちろん、そうでしょうけど」サチ子は、詫びるようにいってから、また気にさわる言葉を口走った。「ただ、わたしなんか、菊井さんには、まるで相手にされていない気がして」

「何をいう。社長のおれがついているというのに」

米原は、声を荒げて叱った。ふたたび吐き気がし、背筋に悪寒《おかん》が走った。

「ごめんなさい。何もそんなつもりでは」サチ子は米原の背を撫《な》で、「おねがい、早く診てもらって。あなたの体の弱っているのを見ると、わたしの気持まで弱ってしまうのよ」

米原には、殺し文句であった。

二

二日後、米原は会社の嘱託医のすすめる大病院へ精密検診に出かけた。

結果は、さらに二日後、知らされた。

（胃潰瘍が悪化している。即刻入院して手術を要する）という診断であった。いま手術をすれば、一月後には会社へ出れるようになるという。

米原は診断に従って、手術を受けることにした。

もともと、米原が、不動産屋をふり出しに一代でつくり上げたワンマン会社である。休むのに、誰に遠慮も要らなかった。

ひとつだけ気がかりなのは、副社長菊井の動きだが、菊井は米原が社に迎え入れてから、まだ五年と経っていない。三十年来手塩にかけてきた米原の会社が、一月ぐらいの留守の間に、どうこうする心配はなかった。

入院の前夜、米原はサチ子に電話を入れた。

「きみの忠告に従って、手術を受けることにしたよ」

「ありがと」

サチ子は、声をつまらせた。米原も、年甲斐もなく胸のあつくなるのを感じた。おれのことを心から案じてくれるのは、サチ子ひとりだけだと思った。

妻の澄代との間で、立ち入った話をすることはなくなっていた。もともと、一言いえば、二言言い返す女であった。話しこまない方が、無難であり、平和でもあった。それに、米原には、サチ子のことを感づかれていはしないかというひけ目もある。

ただ、米原は、澄代をためすように、きいてみた。

「きみは、おれの顔の色を見たことがあるのか」

澄代は、すぐ、やり返してきた。

「ええ、いつも、顔色をうかがっているわ」

そういう女であった。それでいて、澄代は、入院のための支度は、手早く整えた。義務として、妻の模範として、病院に詰めるつもりのようであった――。

「病院へお見舞いに行っていけないかしら」

受話器の向うから、サチ子のかすれたような声がきこえた。米原はうなずき、

「じきに退院することだから」

と、慰めた。

仏頂面した澄代に毎日詰められるより、三日に一度でもサチ子の顔を見る方が、どれほど心の安らぎになるかと、内心、口惜しくもあった。

入院して、手術は無事すんだが、体力が衰弱しているというので、退院までに一カ月かかり、そのあと一カ月、奥湯河原の会社の山荘で静養することになった。秋も終り、紅葉も色あせて落ちかかるころで、山荘の附近は、たまにドライブウェイを走り抜ける車の音がきこえるくらいで、静まり返っていた。

会社は朝九時の始業なのに、米原はいつも八時に出勤し、八時半から会議を持っていた。会議をし、部下を叱り、人に会い、パーティに出かけ、宴席を持ちという生活が、寝るまで続く。その軌道の上を、三十年間前のめりになってかけ続けてきた米原としては、にわかに平衡感覚を失ってしまった感じであった。

会社からできるだけ多く書類を取り寄せようとするのだが、秘書課は、なかなか思うように運んでこない。新しい経営書なども持ってきたが、読み出すと、すぐ目が疲れ、頭が重くなった。

突風のように、会社へ出かけたくなる。だが、それだけの体力がついていないのが、米原自身にもよくわかっていた。不本意ながら、退屈な日々を送り迎えする他なかった。

そうしたある日、同業の柳不動産の社長が、真鶴へ土地を見にきたついでだからと、寄ってくれた。二代目社長だが、最近、財閥系の不動産の系列に入り、業績はそれなりに安定しているようであった。

「いやあ、結構な身分だねえ」

柳は米原に会うなり、まる顔をさらにまるくしていった。

「何が結構だ」

怒っていう米原に、

「またとない休暇だよ、米原君。この超音速時代にゆっくり休めるのは、刑務所に入るか、それとも病気でもするしかないからねえ。それに、生命にかかわる病というわけじゃなし、クスリくさいわけでもなし、術後の静養なんて、ねがってもないことだよ」

「……きみは、元気だから、そんなことをいうが」

米原は、不満と未練をまじえて、つぶやいた。

柳は、目を細めるようにして、窓外の山肌を眺めていた。小鳥が二羽、さえずりながら、とびすぎる。

「きみは、働き過ぎたな」

柳は、目を米原に戻していった。

「とにかく、大いに静養し、大いに体力をつけることだよ」

「うん」

「ぼくも、このごろ、しみじみ思うんだが、経営者なんて、要するに、体力の問題だな」

うなずきそうになって、米原は、あわてて首をかしげた。

「そうだろうか」

「そうだよ。経営者に限らず、人生そのものが、最後は、体力できまるかも知れんな。きみがあれほど働き続けられたのも、ひとつには、人一倍芯《しん》の強い体があったからではないのかい」

窓の外の紅葉の黒ずんだ葉が、あるともない風に落ちた。米原は気を取り直して、

「そういえば、うちの会社でも、人事考課のデータをコンピュータに記憶させたとき、個人個人の体力のデータも、インプットしたはずだ」

「ほう、きみの会社は、そんなところにまでコンピュータを使っているのか。千五百人足らずの従業員だというのに、感心なことだ」

「……時代の進歩に取り残されたくないんでね」

「いや、よくそこまで踏み切った。そういえば、きみのところは、いつも、業界の近代化の先鞭《せんべん》をつけてきたからなあ」

柳は、本気で感心していた。

米原は、うなずいて、その称賛を受けた。本当をいえば、コンピュータ化は副社長菊井の提案であったが、社長として決裁した以上、自分の功績にしておかしくなかった。

もっとも、米原は、本心は、その提案に反対であった。保守的とか慎重とかいうのではなく、菊井の考えに信頼が置けなかった。

菊井のアイデアは、十分勉強し、検討して練り上げたというより、世間の物まね的な要素が強い。

電機業界が、冷蔵庫や洗濯機に女性的なペットネームをつけはじめたとき、米原産業で売出すプレハブ住宅に、早速「ほほえみ」と名づけた。

プレハブ住宅の持つ規格品的な冷たい感じを消すためだというのだが、これがヒットすると、続いて新婚家庭向きの小型プレハブに「笑くぼ」と名づけた。そして、これもまた、大いに当った。

事務機構のコンピュータ化も、米原には、そうした物まね精神のあらわれに思えた。いかにも安直に流行のあとばかりを追う。米原なら気分的にひっかかるのだが、菊井は臆面もなくとびついて行く。

そしてそれが、これまでのところ、成功してきていた。米原には、いまいましいことなのだが――。

別の日、当の菊井副社長が、伊豆のゴルフ場へきたからと、見舞いに立ち寄った。角ばった顔が、コーヒー色にやけている。

戦前からゴルフをはじめて、ハンディは14。遊び人でもある。ダンスもうまいし、このごろでは、ボウリングも中々という評判。仕事の要領がいいだけでなく、あそぶにも要領がいい。

それに比べ、米原は、ゴルフこそやるにはやるが、五十過ぎての手習いで、ハンディは33でしかない。菊井の前では、とてもゴルフといえるものではない。

最初、菊井は親切に米原に教えようとしたが、米原は受けつけなかった。たとえゴルフとはいえ、副社長の指図は受けたくない。

（ろくに仕事もせぬくせに、ゴルフばかりうまくなりやがって）

という反撥も、一方にはあった。

以後、二人でいっしょにゴルフへ行ったことはない。

「いいところですな。このまわり三十分以内だけで、いくつゴルフ場があるかな」

菊井は、指を折って数えはじめた。屈託がない。米原の病気のことなど、念頭にないかのようである。

米原は、しぶい顔でいった。

「いまのおれには、とても、そんな元気はないよ」

「いや、すぐ元気が出てきますよ」

菊井は安請合《やすうけあ》いしてから、

「それに、もっと気楽に考えて、静養生活をたのしまれてはいかがです。ここに居る間に、ハンディの三つや五つ、ちぢめるくらいの気持になられては」

「冗談じゃない。それには、三年か五年かかる。それに、いまさら、ハンディをちぢめてどうする」

「ゴルフがおもしろくなりますよ」

「……おもしろいのは、仕事だけで結構だね」

菊井に対し毒のあるいい方であった。だが、菊井は気にもとめず、話題をそらせた。

「伊東の芸者は、難攻不落ですな。社長」

米原は、調子を狂わされた。いよいよしぶい顔をしていると、菊井は思い出し笑いをしながら、

「昨夜は、あの手この手と口説いてみたんですが、あと一歩のところで、どうにも落ちない。いくらわたしが若づくりしていても、やっぱり歳は歳なのですかねえ」

菊井は、髪をかなり短く刈りつめ、背広もチェックなど派手なものが多い。それに、スポーツできたえた体のせいもあって、米原より五つ年下の五十二歳だが、四十そこそこに見られることもあった。

米原には、どこか遠い世界の出来事をきく気がした。そのことが、いまのおれにどういう関係があるのかと、索漠《さくばく》とした気持で思った。それに、女あそびするのを、一々他人に話すこともないではないか。

米原の沈黙に、菊井は頭をかいた。

「禁欲して療養して居られる社長の前で、これはどうも不謹慎な話題でしたな」

そういってから、菊井は、形だけ居ずまいを改めた。

「まじめな話をいたしますと」と、前置きして、「『意志あれば道あり』とか、『果報は寝て待つのでなく、練って待て』だとか、社長には、いろいろと格言を教えていただきました。諺とか格言とかには、人生の知恵がにじんでいて、ほんとうによ

いものですな」

米原は、まだ黙っていた。この男、何をいう気なのかと、突き放した気持で見つめている。

菊井はいった。

「社長が居られなくなってから、わたしも社長のお気持を汲んで、部課長諸君への訓示に何か一言と思いまして、わたしなりにいろいろ勉強したのですが、やっと、ひとつ、気に入った言葉を見つけました」

「ほう、何だね」

「イギリスの作家の言葉だそうですが、『形式にこだわるには、人生は短か過ぎる』というんです」

「なるほど」

米原は、口の中でくり返した。わるくはないと思った。

平社員だからといって、ちぢこまっていては困る。経理部社員だからといって、営業にそっぽを向いているようではいけない。全社あげてセールスマンの気持になって売ってくれることも必要だ。

米原は、まず、そう思ってから、菊井の明るい顔を見直した。

菊井副社長は、その言葉を、果して営業上の教訓に使ったのだろうかという疑問が、頭に浮かんだ。もともとその言葉は、企業の教訓というより、人生の在りようについて語っている。

俗っぽくいえば、「好きなことを、したいときにしなけりゃ、人生、損をする」ということではないか。これはつまり、快楽主義者《エピキュリアン》菊井の人生を正当化する言葉にもなるし、裏返せば、米原の人生への批判にもなる。

米原は、いまはワンマン社長として、むやみに働く。あそぶのは引退後ゆっくりという考え方である。また、妻は妻、家庭は家庭として、大事に立てて行くという行き方である。菊井にいわせれば、当然、「形式にこだわる」人生ということになるのではないだろうか。

菊井は、米原の質問に答える範囲内でしか会社のことについて話さなかった。深く訊こうとすると、

「まあ、そこまで考えられては、体に毒です。わたしどもで何とかやって行きますから」

と、いなされた。

米原の健康への思いやりあってのことと思うのだが、米原には何となく棚上げさ

れて行く感じがしないでもない。

米原は、菊井が同業者の動静や銀座の様子などおもしろおかしく話すのを、ぼんやりきいていた。

菊井は、正月には、ゴルフではなく、東北へ狩猟に行くという。体つきもがんじょうな菊井は、猪《いのしし》を追って組打ちしても、びくともしないように見えた。

「経営者とは要するに体力だ」といっていた柳の言葉を、米原はあらためてかみしめた。

菊井が去ると、米原はすぐサチ子に電話を入れた。

これという用があるわけではない。心がうつろで、そのうつろな部分をサチ子の声で充たしたかった。

二言三言話している中、サチ子には、すぐ米原の気分がわかったようであった。

「わたし、いまからそちらへ行きましょうか」

声をはずませるようにしていった。

気持はうれしかったが、米原はことわった。

ここは、やはり会社の保養施設である。たとえワンマン社長といっても、愛人を引きこむべきではない。それに、妻の澄代に伝わる心配もあった。

形式にこだわるとはこのことかと、いまいましい気もしたが、米原は、無理はしたくなかった。

その代り、米原はまた、健康になったあとのサチ子との夢を語った。二人でどこかの温泉地へゴルフをかねて出かけようというのである。

米原には、それに続けてもうひとつ語りたい夢があったが、おさえた。

大磯の奥に建設しはじめたゴルフ場が軌道にのったら、これを切り離して別会社にし、米原がその社長におさまって、のんびり老後を過そうというプランである。

米原産業は、誰かに任せる。澄代の思惑も、もう気にしない。ゴルフ場を見下ろす山腹に小さな家を持ち、サチ子と毎日そろってゴルフをたのしもうという夢である。

ゴルフ場計画は、米原統轄の不動産・観光事業が頭打ちしているのに梃子《てこ》入《い》れし、菊井のプレハブ部門を見返そうというものであったが、それがにわかに米原個人の老後の生活設計という色を帯びてきた。

（おれはまだまだ体が弱っているのだ）

という思いと、

（少しも早く、そうしたのんびりした生活に入りたい）

という気持が交錯し、その夜も米原は、仲々寝つけなかった。

三

米原は、しだいに回復し、二カ月後、遅出・早退を条件に、ふたたび日本橋の会社へ出ることができた。

十時少しすぎ、車から下り、会社の玄関へ入って行くと、エレベーターの前で待っていた社員たちが、はじけるように道をあけた。

ただ、米原には、そのはじけ方が、以前とくらべて、少しおそくなったように思えた。

（病気の社長に、以前ほどの力はない。あるいは、再起不能となるかも知れない。とすれば、これからは、菊井副社長の時代だ……）

そうした社員たちの思惑を、微妙に見せてくれた動きに思えた。

もちろん、それは、社員たちが勝手にえがいた力関係の幻影である。現実の力関係に変化はない。そのことを、これから思い知らせてやると思った。

だが、思い知らされたのは、米原の方であった。農地法による転換問題がこじれ、ゴルフ場工事が中止になっていた。

二十万坪に及ぶゴルフ場用地の一部に、農地がふくまれていた。委員会にかけ転換手続きの終るのを待っていては、時間がかかりすぎる。

ゴルフ場の発起人代表には、地元に強い元大臣をかつぎ出してあった。いざというときは、その元大臣に話をつけさせる手はずで、工事をはじめていた。

そこを革新政党に突かれ、裁判所から工事中止命令が下った。

食料増産時代の遺物である農地法は、現在では全くその意味を失っている。しかし、法律としてなお存在している以上、違法をとがめられればどうしようもない。法廷に持ち出される前に、手早く話をつけておくべきであったのに、米原が居なかったため、手おくれとなった。

「なぜ、おれに連絡して来ないんだ。どうして、指示を仰ぎに来なかったんだ」

と、何度机をたたいてどなっても、あとの祭りであった。

このゴルフ場は、営利本位にセミパブリック的な運用をする方針であったため、募集会員数はおさえ、社内留保と銀行借入で建設資金をまかなっていた。

工事再開まで、あとどれほど時間がかかるかわからないが、その間、金利のかかる資金を寝かせておかねばならない。梃子入れどころか、いよいよ米原の足をひっぱる成行きであった。

完全には回復していない体を鞭打《むちう》って、米原は関係方面に折衝や説得に出かけた。元大臣は、発起人を辞退したいといい出す始末で、結果は、はかばかしくなかった。病気している間に、米原の政治的な神通力が、すっかり失われてしまった感じであった。

小さな不動産屋から出発して、上場も間近といわれるほどの不動産会社にまで成長させたかげには、米原の政治力があった。

米原は、戦後早くから、公有地や地区共有地に目をつけ、関係筋の政治家に働きかけ、さまざまな偽装工作をしながら、その払い下げを受けてきた。

こうして、各所に広大な土地を安値で手に入れる一方、民間放送がはじまるとすぐ、ラジオのコマーシャルを使い、テレビも発足当初からスポット広告を流した。

宅地の大量生産（供給）そして大量販売という方式に、最初に意欲的にとりくんだ業者の一人であった。

ただ、最近になって、大手資本が進出して、この種業界は過当競争気味になり、一方では、公有地への関心が強まって、うまい払い下げの話が、ほとんどなくなった。このため、事業は頭打ちになり、観光開発やプレハブ部門を拡大してきていた

——。

奥湯河原への見舞いのお礼に、米原は柳不動産に出かけ、社長の柳に会った。

「なんだ、ずいぶん早く戻ってきたんだな」

柳は米原の顔を見るなり、いった。

「せっかくまたとない静養のチャンスだったのに、惜しいことをしたな」

米原の回復を認めていない口ぶりであった。米原は少し落胆し、心の中で「体力」「体力」と思った。

業界の話になった。米原のゴルフ場計画の行きづまりは、もちろん、柳もすでに知っていた。

「まあ焦らずにやるさ。事業としては、前途有望なんだから。あれだけの土地の手当をしただけでも、たいした収穫じゃないか」

柳はそういってから、まる顔の眉を寄せた。

「きみ、副社長の菊井君と、うまく行っていないんじゃないか」

「どうしてそんなことをいうんだ」

「何となく……」

柳は返事を濁してから、

「こういう問題は、ふつう、社内の不統一というか、内通があったときに、火がつきやすいんでね」

「そんな情報があったのか」

「いや、これは一般論としていっているんだ」

「………」

「世間のうわさでは、菊井副社長は、ゴルフ場建設には反対だったそうだな」

「うん。あの男は、自分のプレハブ部門が可愛くて、何でもそこへ注ぎこめという意見だ。ちょっと職人馬鹿みたいなところがある」

「だから、職人たちに人気があるんだな」

「何だって」

「現場の職人たちに人気があると、工事の仕上りもちがってくる。『ほほえみ』や『笑くぼ』が売れるのも、ムード広告のせいだけでなく、仕上げに心がこもって、ていねいだということらしいな」

米原は返事に窮し、かすかにうなずいた。

社長としてはよろこぶべきであって、「まさか」とはいえなかった。

「ありがとう。いいことをきかせてくれた」

米原は、辛うじて礼をいった。柳は慰めるように、

「しかし、社長ともなると、留守中、何が起るか、わからんなあ。ゆっくり休んでも居られんわけだ」

そういってから、ひと笑いすると、

「もっとも、もうおれの会社みたいになってしまうと、ぼろもうけもできん代りに、寄らば大樹の蔭で、何が起ろうと、胆《きも》を冷やさずにすむがねえ」

その言葉は、そのときの米原には、一瞬うらやましくひびいた。つられるようにうなずいていると、柳は米原の心にふみこむようにしていった。

「このところ、大手の総合商社で、不動産・住宅部門を欲しがっているところが、二、三ある。きみの会社なら、どこでもよろこんで提携すると思うな。できることなら、子会社にするというより、吸収合併したいくらいだろう。それも、わるくはないぞ。ぼくなんかも、いい御身分のようだが、こんな生かさず殺さずの状態よりも、いっそ高値で会社を買い取ってもらって、あとは金利でのびのびあそんでくらしたいと考えている」

米原は無言で首を横に振った。折角、仕事に復帰したばかりのところへ、そんな話は耳が汚れると思った。

四

米原はまた、八時の早朝出勤をはじめた。顔をしかめる澄代や菊井に、

「うちで休んでいるのも、会社で休んでいるのも、同じじゃないか」

といい、社長室に寝椅子を入れさせ、そこに身を横たえ、部下の報告をきき、書類を読んだ。

八時半からの会議にも、毎日出席した。

米原は、形式にこだわっていた。形式があってこそ、秩序も緊張も保たれる。意地になっても、こだわってやると思った。

ただ、夜の会合だけは避けた。夕方になると、背中に疲れがたまり、胃が重苦しくなるのが、はっきりわかった。

会社から帰る途中、ときにはクラブ・サチに寄り、濃いレモン・スカッシュをのみ、サチ子に軽く背中をもんでもらった。

このときだけは、米原は心の武装を解除された。うすく目を閉じて、サチ子のやさしい世話に身を任せた。目に見えぬ金色の花粉にまぶされる思いで、サチ子の化粧のにおいをかぎながら、(人生は永い。それなのに、たのしい時間は、わずかし

かない）と、珍しく感傷的な思いにふけったりした。

少し元気がいいときには、米原はゴルフ場経営の夢を語り、「また海外旅行へ連れて行こう。どこがいい」などと、いったりした。

店を持たせる一年ほど前、まだ他のクラブにつとめていたサチ子を、米原はハワイへ連れて行ったことがある。

ただし、日本を出るときと帰るときは、別々であった。

米原は、不動産業視察団の副団長として、羽田で澄代や菊井たちの見送りを受けて出発したが、その同じ日、サチ子を別の便で発《た》たせ、ホノルルのホテルで落ち合った。

ワイキキ海岸の照り返しの強いホテルの玄関先で、サチ子は米原の腕の中へ痛いほどの勢いでとびこんできた。

はじめての海外旅行、しかも、ひとり旅による不安。サチ子は、娘のように、米原にあまえた。そして、米原の首すじにぶら下るようにしながら、

「今夜こそ、いっしょにやすめるわねえ」

と、目を輝かせた。

いじらしかった。米原は、いっそう強くサチ子に魅《ひ》かれ、

（自分は一生この女を離さぬだろう。いつかきっと、二人だけの気楽な生活に入ろう）

と思った。

ハワイの五日間は、またたく間に過ぎた。出迎えの目を意識して、米原は、帰りもまた、サチ子を別の便にのせた。

そうした米原を、仲間たちは、

「きみほどのワンマン社長が、何をこだわるんだ」

と、そそのかし、「みみっちい」「小心者」と笑った。仲間の中には、細君でない女を公然と連れてきている男が二人も居た。

だが、米原は、けじめはけじめだと思った。よき社長、よき夫としての形式を守らねば、千四百人も居る社員たちに、しめしがつかなくなる。これが中小企業のおやじさんでしかない同業者たちと、米原産業社長とのちがうところだと。

米原は、サチ子の肌のにおいをかぐだけで満足し、それ以上の欲望は起らなかった。

「もう少し待ってくれ」

「いいわよ。人生は永いんですもの」

サチ子は米原の指を強くにぎりしめた。

「人生は短か過ぎる」といった菊井とはちがうと、うれしかった。

だが、米原にとって、人生は永くはなかった。

復帰して半年後、米原は再手術のため、入院しなければならなくなった。

そのことを告げたとき、サチ子は真剣な目つきで、米原につめ寄った。

「今度はお見舞いに行かせて。奥さまの目は、何とかごまかす方法があると思うの。わたし、きっとうまくやるから」

「うん……」

「会社の方から容態をきいているだけでは、さびしいのと不安で、たまらないの。それに、会社の人は、あまりよくきて下さらないし、必ずしも本当のことを教えて下さらないんですものね」

「本当のこと」

「ええ、本当の病状ということよ」

別の不安が、米原の胸に突き上げた。

「おれが、ガンかどうかとでもいうことか」

「いやよ、ガンなんて。胃潰瘍にきまってるでしょ」

サチ子は怒ったようにいった。

米原は、うなずいた。

会社の嘱託医にも、病院の医者たちにも、米原はくどいほど病名について念を押した。だが、医者はちがっても、答も説明も、すべて同じであった。

「わたし、ずっと病院に詰めて居たい。できることなら、看護婦にでも変装して」

「店をどうする」

「店なんて、どうでもいいわ。あなたあってのことですもの。あなたに尽くしたいの」

「うまいことをいう」

元気のない声でからかう米原に、サチ子は、

「本当よ」

というと、目もとに涙をにじませた。

九州の天草に生れたサチ子は、早く両親を亡くし、親類の手から手へ渡って育てられた。どこでもみじめな仕打ちを受けたが、それだけに、米原が父親のように思える。瘦《や》せた体つきや、細面の顔も、写真の父親に似ている——。

そうした話が、サチ子が親しくなるきっかけであった。

ホステスにはよくある話だと、最初は米原もきき流した。だが、サチ子は本気であった。あしらっている中、米原はサチ子にとらえられた。

サチ子は、よく海の話をした。

子供のころからもぐったという青く澄んだ海の色が、米原にも目に見えるようであった。

米原も、海の見える横浜の場末の街で育った。ときには、うすい灰色になったり、緑をとり戻したりする海に、泳ぎに出かけた。

二人とも泳ぎ好きであった。話していると、二人のまわりに海がひろがり、汐のにおいが漂ってくるようであった。

ハワイでは、二人で思う存分泳いだ。沖に出て、海獣でももつれ合うように泳ぎ戯れているところへ、大型の波乗りボートがつっかけてきて、

「危うく新聞記事になるところだったわ」

とサチ子が首をすくめたこともあった。

白く灼けた砂浜にねころび、大皿に盛った南国のフルーツを、頬を寄せ合って食べた。

あれこそ、米原にとって人生であった。生きているという実感があった。

それにしても、人生のたのしい時は、本当に短く、少なかった。たしかに人生は短か過ぎると、米原は、虚脱した気分で思った。

五

再手術ということで、米原は以前ほど自分の病気について、楽観はしなかった。二度と戻って来れない人生とすれば、このまま果てていいものか。やり残しはないか、悔いはないか。

会社をここまで大きくしてきたことに、誇りはある。いかにも男らしい仕事をしとげたと思う。

だが、大きくなった会社は、いまの米原にとって、何なのであろう。

中途で入った菊井副社長が、きわ立った才能も努力もないと思うのに、時流にのって、人気が上るばかり。ワンマン会社とはいえ、米原の権威は、病気のせいもあって、ゆらぎはじめている。

菊井がどの程度、米原をゆさぶるかと、興味半分で見守る目。放っておけば、会社は自動的に菊井のものになると達観している目。

いまは、社の内外にそうした目があるばかりで、これまで米原がどれほど苦労し、どれほど人のやらぬ努力をして、会社を育て上げてきたかということについては、忘れられかけている。

米原は、毎日早朝から出てきて、人づかいの荒い猛烈社長、という風に見られているに過ぎない。それが、三十年の苦労の結果なのだ。

米原の息子二人は、米原の仕事にも、米原その人にもそっぽを向き、それぞれのコースを歩いている。澄代が息子たちを米原から隔てたというか、息子たちは澄代のもうひとつ向うに居て、何カ月も声さえきかぬときもある。

息子たちには関心がない以上、会社はみすみす菊井たちの手に渡す他はない。なるほど、五二％の株を保有し、会社の支配権を持ってはいる。だが、だからといって、それが米原にとって、何かの人生のたのしみになるというものでもない。十分に資産はあるが、とくにこれといってしたい贅沢があるわけでもない。

とすると、いったい、この三十年間、何のために働いてきたのだろうか――。

高台にあるその病院の窓からは、都心の街々が、かなり広く見渡せた。

暑さの増す季節の中で、昼間、街は汗をかき、うなりをあげる。だが、夜になると、無数の細かな灯をともし、やさしく寝静まる。

夜ふけまで寝つかれず、窓に寄って眺めていると、見ている前で、街の灯のひとつが消えた。

さびしいというより、健やかな寝息がその闇《やみ》のあたりからきこえてきそうで、米原はうらやましかった。

次の日には、またそこに生活があり、夜にはまた、まちがいなく灯がつく。

それに比べて、米原の生命の灯は、永遠の闇に向って消えかかろうとしている。

米原は、居ても立っても居られぬ気分になり、クラブ・サチに電話をかけた。

「どうなさったの、いまごろ」

と、おどろくサチ子に、

「病院にきてくれ。顔を見たくなった」

米原は、子供のようにいった。

「行っていいの。奥さまは」

「帰った。いや、たとえ、あいつが居ても、構やしない。あいつを追い出す。あいつなんかより、きみにいつも居てほしいんだ」

「ほんと」

「本気だ。傍に居て、じっと、ぼくの手をにぎっていてくれ」

受話器の先の声が消えた。ＢＧＭの低い調べや、ざわめきが、きこえてくる。

「おい、どうした、きいてるのか」

「きいてます」

「急に黙って、どうしたんだ」

「だって、うれしいもの。それに……」

「それに？　どうした」

サチ子は声をかたくして、

「あなた、加減はよろしいの？」

「いい、だから、電話した」

「わたしは逆に……。何か急に具合がわるくなって、それで、そんなことをいって来られたのかと。だから、おどろいて、声が出なくなったの」

「ばか」

米原は叱った。（可愛いやつ！）と、続けたいところであった。その代りに、米原は声を励ましていった。

「いいか、きっとくるんだぞ。それも大威張りで、堂々と見舞いにくるんだ」

米原は、自分の決意に酔った。

おれは三十年辛抱してきた。ただ働いてきた。だが、ここまできて、もう我慢できない。また我慢する必要もない。人生が終りになるかも知れぬというのに、誰に遠慮するのか、誰に気がねしなくてはならぬのだ。もはや見栄も外聞もない。澄代や世間が何といおうと、おれは人生をとり戻す。サチ子の手をつかみ、いっしょの海に漂いながら、死んで行くのだ。

六

澄代との間に、一騒動も二騒動もあった。

澄代は裏切られて嘆くというより、妻としての面目をつぶされることに、いきり立った。

「体面を考えて！」

「世間がどう思うの」

などとたたみかけてくる。

だが、そうした文句は、いまの米原には、もはや意味のない言葉であった。形式にこだわるには、人生はあまりにも短か過ぎる。おれはもう、その残り少ない人生が惜しいだけだ。この気持が猛々しいおまえにわかるか、と思った。

米原は、澄代と論戦する気にならなかったし、その元気もなかった。ただ、ききわけのない子のように、首を横に振り続けた。

病院の中で、相手は重病人である。澄代も家に居るときほどの剣幕になることもできず、結局、目をつむって譲る形になった。

サチ子は、ほとんど連日、米原の枕もとにやってきた。

毎朝、新しい花を持ってきて生《い》けかえるだけでなく、自分も着る物を変えてきて、米原の目をたのしませてくれた。

米原の病室は、にわかに明るく、はなやいだものになった。当然、病院中の話題になっているようであった。

「えらい社長さんだと思ったのに」

「いい歳をして、恥ずかしくもなく」

たまに、サチ子の居ない時間を見はからってやってくる澄代が、そういう病院内の声を伝えた。

だが、何といわれようと、米原は、その生活に満足であった。

サチ子は、父親に仕えるように、かいがいしい世話をしてくれた。「コーヒー」と一言いえば、インスタントでない香り高いコーヒーをいれてくれる。おいしいスープをつくって、病院の料理に添える。銀座のフルーツ店から、太陽のにおいのするようなカリフォルニヤ産のオレンジやグレープフルーツを買ってきてくれる。二人で食べ、二人でテレビを眺め、気分のよいときには、これから二人で行くであろう旅の話や、大磯の奥の海の見える丘に建てる家のことなど話す。ハワイの海の思い出が、波のように、二人をゆり返す。

疲れて横になる米原に、サチ子は頬ずりし、手をにぎってくれる。

米原には、人生の幸福がすべて手の届く範囲にあるといった感じであった。

やがて秋が来ようとするのに、病室の中には、いつまでも春があり、花の季節があった。

これこそ人生であった。この生活を、もう失いたくなかった。

再手術後二カ月ほどして、少し健康を回復した。週二度の通院を条件に、希望なら退院してもよいといわれたが、米原はむしろ、そのまま入院していることを希望した。箱根なり熱海なりで静養できるようになるならともかく、家へ戻って半病人の生活などしたくはなかった。そこには家の形式があるだけで、人生はない。

米原は、毎朝ひげをそり、日中はズボンとスポーツシャツ、カーディガンといった姿で過した。

電話を引かせ、午後には、必ず会社から人を来させて、主だった報告をきき、指示を与えた。

会社からはじめてその病室にきた男は、承知してはいても、サチ子を見ると、だれも一度は目を見はった。何と挨拶《あいさつ》していいか、とまどう。

米原は、にやにやして、その様子を眺めた。

（社長はどういうつもりなのか）

といった視線をちらっと見せる社員もあったが、米原は気にしなかった。

米原は、気分のはりを感じていた。

サチ子は、次の間で、客のためにコーヒーをいれる。そのコーヒーのうまさが会社で評判になっているときくと、米原はまた目を細めた。

ただ米原に気がかりなのは、こうしたことが、必ずしもクラブ・サチによい影響を及ぼしていないことである。

クラブの様子をきく米原に、サチ子はきまって首をかしげ、形のよい眉をくもらせる。

「よくないの。昨夜も、会社のひとは一組も見えなかったわ」

そういってから、悲しそうに、

「新橋の方は、相変らず、おさかんのようですけど」

米原はおもしろくない。

ただ自分の女のクラブの売上げ云々ではない。その動きにあらわれている米原軽視の風潮に腹が立った。

(社長は一時的な持ち直しでしかなく、先が見えている)

社員たちはそう考え、目を菊井副社長に向けている。それが、クラブ・サチと「きく」への社員の流れのちがいに出ていると思った。

七

サチ子は、毎日正午前後にきて、四時ごろ帰って行く。一度戻って、髪や服を改め、クラブへ出て行くのだが、ある日、米原は、帰ろうとするサチ子といっしょに病院を出た。

サチ子をマンションに下ろし、タクシーを日本橋に走らせる。予告なしに、会社の空気をのぞいて見ようと思った。

玄関からエレベーター前へ。

かたまっていた社員たちが米原に道をあけたが、それは、はじけるどころか、ごくにぶい動きであった。

ただ、米原はそれを予期しない自分の出現にとまどったせいととった。

長身の男の背越しに、若いささやきがきこえた。

「だれだ、副社長かい」

「社長だよ」

「社長？　社長がくるはずないじゃないか」

「しーっ。社長なんだ」

「へえ、おどろいた。社長はまだ……」

「しーっ」

なんということかと思った。どなろうにも、その元気がない。

米原はエレベーターを待たずに、歩き出し、すぐ先の営業部のドアをあけて入って行った。

あわてて立ち上ろうとする女子社員を手で制し、目の前にあった椅子に腰を下ろした。

テーブルにひじを立てて顎をのせ、じっと営業部の中を見渡す。

客の出入りが多く、電話はひっきりなしに鳴り続け、社内でいちばん活気のある部門である。注意しなければ、一人の客がまぎれこんで坐っている風にしか見えない。

米原は少し重くなった瞼を見開いて、営業部を見渡し続けた。

米原が入院する前とほとんど変らぬ忙しさである。社長が病気だからといって、油を売っているような社員は居ない。会社は生き生きと動いていた。

米原は、まず安心したが、次に空しくなった。

たとえ米原が死のうと、会社は変りなく動き続けて行くであろう。その見事な会社が、そっくり菊井の手に渡されてしまうのだろうか。

ぼんやり物思いにとらえられた米原の耳に、部の中がにわかに静かになって行くのがわかった。

いつのまに気づいたのか、部員たちの顔がいっせいに米原に向いていた。

部長や、何人かの課長が、あわててかけ寄ってくる。

米原は、彼等に護衛されるようにして、四階の役員室へ向った。

途中、廊下やエレベーターで、米原に向けられてくる社員の視線は、すべて、「くるはずのない」男、「まだ生きている」男を見る目であった。

病院では、だれよりも人生そのものであった男が、ここではすでに葬られかけていた。米原は許せないと思った。そこでも人生を取り戻したい。

だが、いまの米原に何ができるだろうか。

ゴルフ場建設再開のための政治工作や、めぼしい仕事を数え上げてみても、米原には、それに耐える体力も時間の手持ちもない気がした。

それでも米原が、なお自分の存在を示したければ、たとえば五二％という圧倒的な持株に物をいわせて、副社長や役員たちをゆさぶることもできる。ただ、いまとなって、にわかに副社長を更迭するに足る理由はなかった。

ワンマン社長とは名ばかりで、もはやおれには何もできないのか。

そう思うと、米原は運ぶ足まで重くなった。

社長室に入ると、菊井がすぐやってきた。

「社長、御無理をなさってはいけませんな。まだ御入院中の身なのに」

米原は、笑顔をつくって受けた。

「きみ、おれにも、ようやく形式にこだわっては人生は短か過ぎるということがわかってきたよ」

少し皮肉にいったつもりであったが、菊井の答は、ききようによっては、もっと皮肉であった。菊井はいった。

「そうですか。それは、よかったですな」

まるで米原が世間知らずで、これまで人生で一歩おくれをとってきたといわんばかりにきこえた。

米原はどなりたいのをこらえ、机の上でこぶしをにぎりしめていった。

「おれは、もうこれから、一切、形式にこだわらんことにする」

八

米原は、どんな形でもいいから、菊井に打撃を加えたいと思った。快楽主義者《エピキュリアン》に社長になる快楽まで与えてはならない。

米原は考え続けたあげく、ようやくひとつのプランを思いつき、柳不動産の柳社長に病院へきてもらった。米原産業を、不動産・住宅部門を強化したがっている大手の総合商社に吸収合併させてしまおうというのである。

柳不動産のように、系列に入るのでなく、まるごと身売りしてしまう。こうしてマンモス商社の一部門になれば、菊井はせいぜい部長、将来もその部門担当の平取締役どまりである。

それに、規律のきびしい大手商社では、自分の女に小料理屋をやらせて社用に使ったり、そこに寝泊りして出社するなどという気ままは、一切許されなくなるであろう。菊井は、いや応なしに形式の中に封じこめられることになる。考えれば考えるほど、名案であった。米原は、その実現に、執念をかき立てた。

柳は合併先として、旧財閥系のN商事を選び、話をとりついだ。前々から、米原産業に目をつけていた商社であった。

ただ心配なのは、たとえワンマン社長とはいえ、病身の米原を、N商事側が交渉の相手にしてくれるかということであったが、N商事は意外に乗気で、担当役員が毎日のように通ってき、ついには、その社長まで米原を見舞いにやってきた。

こうして、ほぼ一月後には、吸収合併の段取りができ上った。米原は、合併に当っては身を退き、米原の持株のすべてを約五億円でN商事が買い取ることになった。社内は大さわぎになった。ただし、平社員には、むしろ一流企業の社員になれるとよろこぶ向きが多かった。

ショックを受けたのは、管理職以上、とくに役員たちであった。彼等は入れ代り病院にきて、ぐちをいったり、詰め寄ったりした。

菊井もきた。散々厭味《いやみ》をいったあと、菊井は、はきすてるようにつけ加えた。

「かけこみ合併が成功した理由を教えましょうか」

つんぼ桟敷に置かれていた者にわかるはずがないと思いながら、米原は勝利者の微笑を浮かべて、うなずいた。

「それは、社長の病気のためですよ」

菊井も角ばった顔を歪《ゆが》めて笑い、短くいった。

「どういうことだね」

「病状を知って急がねばならぬと思ったのですよ」

「妙なことをいう。まるで、おれがいますぐにも死ぬような……」

(とんでもない)とでも打ち消す代りに、菊井は、ふんといって笑った。

「おい、きみはおれの病状について何か知っているのか」

菊井はうなずいた。米原は血の退《ひ》く思いでたたみかけた。

「おれがガンだとでもいうのか」

菊井は無言のまま、しかし、かすかにうなずいて見せた。そして、二度と見ることのないものを見るように、じっと米原を見つめたあと、一礼して病室から出て行った。

手痛いお返しであった。米原にとって、最悪のしっぺ返しといえた。しかもそれは、ただ言葉の上のやりとりのことではない。

米原は、澄代にも、サチ子にも、医者たちにも、問いただした。誰の答も変らなかったが、その答え方が、いかにも一律で、おざなりに思えた。

米原は、あらためて死を覚悟した。覚悟して覚悟し切れるものではないが、万一、ガンだとして、そのときに備えての手筈だけは整えておこうと思った。

米原は、顧問弁護士を呼び、遺言状を作成したが、その中で、新たに、株の売却代金の中から一億を、サチ子に受け取らせることにした。

すでに米原から離れた息子たちは、それぞれ自立している。妻の澄代にも、十分すぎる資産が残されている。

サチ子にそれだけの大金を与えるからといって、誰からも文句をいわれる筋はない。いや、そうしたことに、もはや構って居れない気持であった。

それに、いったいサチ子以外の誰が、米原に人生のよろこびを味わわせてくれたであろう。

米原の死後、サチ子がその金をつかって、どんな贅沢でもしてくれればいいと、米原は思った。クラブ・サチに思いきった金をかけて梃子《てこ》入れし、「きく」を見返してくれるのも、米原への供養になる。

「どんな風につかってもいい。きみの幸福になるなら」

米原はそういって、サチ子の表情をさぐった。

サチ子は何もいわず、痩せ細った米原の手を折れんばかりににぎりしめた。あまり思いがけぬ大金なので、きっと計画も立たないのであろう。それにまた、サチ子には、米原の死後のことまで考える余裕はなかったのではないかと、米原は思った。決して美人ではないが、下ぶくれの受け口で、男心をそそる顔をしている。重い目でその顔を見上げながら、米原は半ばからかうようにいった。

「これから虫がつくだろうな」

「心配？」

「うん、そりゃ心配する。あの虫この虫に食い荒されるのではないかとね」

「大丈夫よ」

「ほんとうかい」

機嫌よく、じゃれるような気持でしゃべる米原に、サチ子は意外なことをいった。

「大丈夫。わたし、身をかためますから」

「何だって」

「水商売は、もうあきらめたわ」

「結婚するのか。相手の心当りがあるのか」

米原は、かすれた声でたたみかけた。サチ子は小さくうなずき、

「若いけど、まじめなひと。きっと、若いころのあなたのようなひとよ」

「……しかし、そんな男が居て、よくきみをここへ」

「だって、安心してるわ。あなたが病気ですもの」

米原はにが笑いしたが、考えてみれば、失敬な言い分でもある。米原は、ほとんど肉の落ちた頰をこわばらせるようにして、

「しかし、おれの病気が治ったら、どうする気だ」

「何をいってるの」

サチ子はまともには答えず、笑顔であやすように米原をのぞきこんだ。

だが、米原は笑えなかった。ここでも米原は、もはや生きるはずのない男にされていた。

「そうか、きみは……。いや、きみたちは……」

「誤解しないで。わたしはあなたが好きだから、こうして」

「わかった」

米原は力なくうなずいた。

「……とにかく、おれは幸せだったよ」

自分自身にいいきかせるように、つぶやいた。

米原は、顧問弁護士を呼んで、遺言状を書き直そうかと思った。

どんな男か知らぬが、むざむざ大金をつけてやることはない。第二、第三の菊井のような快楽主義者《エピキュリアン》をつくるだけのことではないのか。

その一方、米原は、サチ子がやはり、父親を慕うような気持で自分に尽くしてくれたと思いたかった。それならそれで、娘に持参金を持たせてやるのも構わぬではないかと思った。

サチ子をうらめない。もしうらむとすれば、米原自身がサチ子との生活にふみ切るのにおそ過ぎたということだ。いまいましいが、菊井のいうように、人生はたしかに短か過ぎた。

米原が息をひきとったのは、それから四日目のことであった。

朝早く、まわりには誰も居ず、看護婦が朝の検温に廻ってきて見つけた。

「おかしな患者だったわ。でも、このひとが死んで、病室もやっと病室らしくなるわ」

看護婦は、花々に満たされ、コーヒーや化粧のにおいの残っているはなやいだ病室の窓を、大きく開け放しながら、つぶやいた。

前々夜祭

一

大曾根《おおそね》を見て、珍しい男が出て来たものだと狭山《さやま》は思った。

このごろの同窓会には、ときどき、ひょんと新顔が出る。卒業以来ほとんど顔も見せなかったような男が出席する。

みんな淋しくなって来たのだ。人生のつながりが欲しい。生きてる証《あかし》が欲しい。同窓会など、ほんの気休めとわかっていても、その気休めが、生活の中で大きな比重《ウエイト》を持つ年代にさしかかっている——。

「遠いところを、よく来てくれたなあ」

まず、幹事の吉本が大曾根の手を両掌の中ににぎりしめて言った。

「忙しいんだろうになあ。それに、わざわざ、大阪から……」

「新幹線だから、わけはない」

大曾根は、少し面映ゆそうに言った。

これまで無視してきた同窓会へ何故やって来たのか——その辺の心の動きを、のぞき見られたくない気持がある。

〈淋しくなってね〉と、虚心に言ってのけるには、社会的に大きくなり過ぎている。

狭山は、吉本に続いて大曾根の手を取った。かわいた、冷たい手をしている。

念を押すように言った。

「狭山だよ」

「やあ、久しぶり」

大曾根は、ちょっと眼を逸《そ》らせて応え、そのままそこに立った。

新顔には、二つのタイプがある。進んで会場内の旧友の肩を誰彼となくたたいて廻るのと、じっと佇《たたず》んで声をかけられるのを待つ型とである。二つのタイプは、性格のちがいだけからでなく、それまでの人生遍歴の相違からも来ている。大曾根は、後者であった。

大曾根の止ったのを見て、友人たちが次々に寄って来た。

歓迎の言葉に対して、大曾根は控え目に応える。

挨拶は入れ代りに進んで行き、やがてまた、大曾根一人が狭山の脇に残った。大曾根といつまでも話そうという者はなく、また大曾根が引きとめる友もなかった。といって、みなの歓迎が儀礼的であったというのではない。肩をたたくのと手をにぎるのとのちがいはあっても、懐しさは本物であった。

毎年のように、常連の顔が消える。同窓会からも、この世の籍からも脱け落ちて行く。減りこそすれ、ふえることのない仲間である。卒業者だけでなく、中退者も探して加入させようと、幹事の吉本あたりは躍起になっている。そこへ新顔が出て来てくれるのは嬉しい。

誰しも心からよろこんで、手を取ったのだが……。

狭山は、横から大曾根を見た。

白い小さな顔、細縁の眼鏡、凹んだ眼。すべてつくりが小さい中で、耳だけが異様なほど大きい。福耳という程度を越えているが、上場会社の社長になったのは、やはり運が強かったのであろう。

それにしても、顔色が冴えない。

「きみ、体は?」

「少し心臓が悪い。心不全というやつだ」

大曾根は、ぶっきらぼうに言ってから、ふうっと息をつぐようにして、

「このごろは、よく疲れる。歳のせいだね」

弱い笑みを浮かべた。

「それもそうだが、きみは働き過ぎなんだろう」

「まあね……」

大曾根は言葉を濁した。

大曾根は、社長就任以来、後継者と目される人物を次々と放り出し、ワンマンぶりをほしいままにしている。その噂は、同窓の間では有名過ぎた。

〈あいつ、いつまで……〉

〈冥土まで椅子をひきずって行くつもりなのか〉

〈そうかも知れんぞ。就任のいきさつからして尋常じゃないからな〉

専務時代、大曾根は大株主と組んで前社長の私行をあばき、クーデター同然にして社長の椅子を奪った。

前社長は、大曾根をその会社に入れてくれた恩人であり、大学の数年先輩でもあ

った。その恩人を、代表権も与えず、会長に送り出してしまった。

同窓会での評判は、悪かった。

〈われわれの同期にそうした者を出して、先輩たちに顔向けできない〉と、腹を立てる者もあれば、自分たちの出世にひびくと正直に嘆く者もあった。

だが、同窓会へ出席もしなければ、会の案内へ返事もよこさぬ大曾根に対し、それ以上の鬱憤の晴らしようもなかった。

そして十年、わずか十年の間に、ほとんどの者が、第一線から退いてしまった――。

二

「やあ、社長さんたち」

幹事の吉本が舞い戻ってきて言った。

「うん」

大曾根がつりこまれて、うなずく。

狭山は苦笑した。

「よせよ、そんなことは」

「しかし、こうなってみると、社長職も暁天の星の如くだからな。かつては、宵の明星の如くと言えたのだが」

　大曾根も狭山も黙った。

　うっかり口をはさめない。吉本は倉庫会社の部長で定年となり、以後十余年、会の世話だけに生甲斐を見出してる形だ。そうした男の心の中にも、どんな社長コンプレックスがひそんでいるかわからない。

　吉本は、一大事でも起ったような口調で続けた。

「いま、堀君から聞かされたんだが、彼も今度は会社の会長もやめるそうだ。それで、名実ともに会社とは縁が切れるというんだ。困ったことだよ、同窓会にとっても。これまではあそこで何かと運営上の便宜を計ってくれていたんでね。現に今夜の会場だって、彼の口ききが物を言っている」

「しかし、ここではきみ……」

「うん、たしかに卒業二十周年大会をわれわれもここでやった。だが、いまの当主はおぼえてやしないし、仮におぼえていたところで、今度のような無理は聞いてはくれん。何しろ一泊二食を大割引の上、花代まで割引だからね。それもこれも、彼の会社でよくここを接待に使ったからだ」

　物欲しそうな表情を隠さずに言う。同窓会のためという大義名分が、吉本には至上のものなのであろう。

「困ったなあ。案内状の印刷ひとつにしても、これからはどこか探して頼まねばならなくなる」

狭山も大曾根も、ノーコメントであった。

幹事の苦労はわかる。だが、薄情なようだけれど、わずかなことでもプライベイトな用件を会社に持ち込みたくはない。寄附などは、狭山個人でした。会報などへの広告も、会社としては出稿させない。いつも公私のけじめは、はっきりりつけることにしている。彼はそれほどまでに社長の仕事を大事なものに思い、愛してもいる。

その辺のところが、幹事吉本にはわかるまい。

「実際、弱ったよ」

吉本がまた催促がましくつぶやいた。だが、二人とも黙っている。

狭山は、同窓会に対しては不即不離である。最近になって、幹事の顔を立てる意味で、できるだけ出席するようにしているが、決して深入りはしない。

吉本は、くるくるした眼で二人を見守っていた。学生時代から世話好きの男で、コマ鼠のような愛嬌があった。憎めない。それがいまも変らない。そんなところが、彼なりの人徳というのだろうか。

狭山の唇に、危うく冷笑が浮かびそうになる。

二人に何の反応も現われないのを見て、幹事吉本は、がっかりしたようであった。

だが、いつまでも愚図ついてはいない。（諦めのよいところが、吉本の取りえだが、
そこがまた彼の出世できなかった原因でもある）

吉本は話題を変えた。

「今夜の部屋割りの件だが」

「うん」

「きみたち二人で一部屋ということにしてくれないか」

「……うん」

しまったと思った。これが彼なりの報復かとまで思った。大曾根は、同室してた
のしい相手ではない。

吉本は狭山の顔色を読んで、すかさず、つけ加えた。

「ぼくが大曾根君と御一緒してもいいんだが、何しろ幹事だろう、夜半まで来訪者
があったりするんでね」

「……いや、ぼくは構わないよ」

狭山はそう言ってから、大曾根に向い、

「きみさえ、よければ」

大曾根は、無言のまま、うなずいた。

「これできまった。二人はお似合いだと思うよ。それじゃ」

言うだけ言うと、吉本は小肥りの体を翻した。

狭山と大曾根は、顔を見合わせ、うすく笑った。

〈仕方がないな〉と、二人とも肚の中で思っている。それに気づき合った笑いである。それに、〈二人はお似合いだ〉という言葉が、夫々の心で波紋を起している。

似合ってたまるか、と思いながら、どこが似合っているのかと、互いに小首をかしげ出している。

二人に共通なのは、何なのか。

主任教授が同じで、しかも、二人ともかなり上位の成績にあったこと。それがひとつ――狭山は心の中で指を折ってみる。

第二に、これという親しい友人のないこと。遊びには無縁な学生生活を送って来ただけに、馬鹿を言い合う相手もなければ、のみ友達もない。

第三に、二人とも、世間的に言えば、成功者の部類に属すること。上場会社の社長であり、いまだにその椅子を占めている。それだけに、友人たちからは、冷たい権勢欲の化身とも受け取られよう、孤独と狷介《けんかい》の人とも見られよう……。狭山は失笑した。これだけ数え上げれば、似合いといわれても仕方があるまい。

「きみ、何か」

狭山の笑いを、大曾根はすかさず見咎めて言った。

「いや、別に……」

眼を窓の外に流す。

ひろい谷を越して、伊豆の山々が黄色に暮れなずんでいた。ひっそり静まり返ったやわらかな稜線。裾の段々畠はいつか見えなくなり、野火の白い煙が二筋、山腹を這い上っている。

「伊豆は変らないなあ」

狭山のつぶやきを、大曾根は「そうかい」と受けてから、狭山の視線の先を見、

「山は変らぬかも知れんが、道路だって、旅館にしたって、ひどい変り方だと思うな」

「それはそうだ。卒業二十周年大会のときは、ここは広間こそあったが、まだひなびた温泉宿という感じだったからな」

いまは四階建のホテルである。暖房も暑いぐらいに効いている。あのときは、小

さな手あぶりが各部屋に一つで、ふるえ上った。

　大曾根は黙っている。狭山は気づいて、

「そういえば、きみはあのときも欠席だったな」

　小さくうなずく大曾根に、

「伊豆へ来たのは、久しぶりかい」

「学生時代以来だ」

「ほう」

　狭山は声をあげた。卒業以来、もう五十年になる。忙しい身ではあっても、狭山は数え切れぬくらい伊豆に来ている。いくら大曾根が大阪住いだといっても……。畸型の生活である。狭山以上に畸型の……。それほど細い一筋道を走り続けねばならなかったのか。

「熱海まではちょいちょい来るなあ」大曾根が急いで言い足した。「熱海も伊豆の中だろう」

「……それにしても、よく来てくれたな」

　狭山は、大曾根を探る姿勢になっていた。

「大会というんでね」

大曾根は身をかわした。答になっていない。大会はこれまでにも何度か開かれており、いつも彼は欠席だった。

例会と呼ばれる同窓の小集会は、東京と大阪で頻繁に開かれている。全国大会が五年に一度ぐらい。前回は卒業四十五周年大会。次は五十周年大会だが、その五年間が待ち切れぬという声に押され、この四十八年大会が開かれた。

〈六十代も最後。みんな、鬼籍に急ぎ出している。三年は待てない。何とか逢おうではないか〉

あちこちから立ち昇る老人の感傷が、そんな奇妙な露を結んだのだ。

幹事吉本は、案内状に〈五十周年大会の前々夜祭〉と、うたった。大会にして大会に非ず——と、幹事の見識をちょっぴり匂わせて。

三

吉本の声が、広間の奥から聞えた。

「それではまず慰霊祭、いや、旧友の追悼を行います」

四十五周年大会までは、旅館の広間へ祭壇をつくり、最近の物故者を筆頭とする仮の位牌を置き、順々に焼香したものであった。

永らくその形で通してきたのだが、四十五周年大会の後で反対意見が出た。しめっぽ過ぎるというのだ。

しめっぽいのは、わかり切っている。それを気にもかけずに、これまでやってきたのに。

しかし、反対意見はたちまち全参会者の声となった。

そして今年――。

一同、広間正面に向って立った。吉本ひとりが緞帳《どんちょう》を背にして、

「先回以来の物故者のお名前を読み上げます。黙禱下さい」

一人また一人。〈ああ彼もか〉と思わせる名が組み込まれて行く。

「……以上十二名。物故者総数百十八名」

卒業したのは、たしか百九十七人であった。すでに六割は死んでいる。消息のわからぬ十余人を加えれば、更にふえる……。

吉本幹事の口調が変った。

「それでは恒例により記念写真を撮ります」

吉本の指図に従って、三十人ほどの参会者がぞろぞろ移動しはじめる。大曾根も狭山について歩き出したが、後から、ささやくように言った。

「きみの奥さんは元気か」

「うん」

「うちのは、去年死んでね」

狭山はふり返った。大曾根は視線を逸らす。レンズの奥には、いつもと変らぬ無感動な小さな眼があった。

「淋しいだろうな」

「……不都合が多くて。家内は実用品だということが、つくづくわかった」

「必需品と言いたいところだろう」

「うん、この歳になると……。情ない話だがね」

はじめて声に感情がこもった。狭山が応えないでいると、

「奥さんを大事にし給え」

そう言って、先に立った。

四

ホテルへ出入りの写真屋が、フラッシュを二度焚《た》いた。

崩れかける列に、吉本が呼びかける。

「長寿の記念ですぞ。これで長寿が約束される」

「誰が約束するんや」

関西弁がまぜっ返す。

すぐ吉本が言い返した。

「諸君の体です。この伊豆の山奥まで出席できたということが、何よりの健康の証拠、長寿のパスポートだ」

力のこもった声であった。

「なるほど」とか、「そうだ、その調子で」などという声がきこえ、広間の空気は若やいだ。ざわめきにも、明るい調子が出る。

みんな、子供のようになっている。何でも縁起を担《かつ》ぎたがっている。そこへ吉本の発言は、うってつけであった。名幹事というべきであろう。

そう思って吉本を見直そうとすると、その小肥りの体が、すぐ前に迫っていた。

吉本は、分厚い唇を歪めた。狭山たちだけに聞える低い声で、

「とはいうものの、先回来た中で七人も死んどる。出席者の死亡率はかなりのものだよ」

言うなり、吉本はまた参会者の中に消えた。

狭山は、あっと思った。なぜ、そんな不吉な話を狭山たちだけに告げるのだろう。彼はそれを告げてたのしんでいる。自分は不死身と思っているのか。物事の基準がなくならぬように、彼だけは死ぬこともないときめこんでいるのか。それとも、幸福そうな連中を引っ掻き廻せるだけ、引っ掻き廻したいのか。

「いやなやつだ」

大曾根が言った。

狭山は、それにもおどろいた。はっきり感情がこもっていた。眉間《みけん》に蒼い筋が浮き出ている。

「あいつは、ああいう男だ。悪気じゃないんだ」

とりなす必要もないと思いながら、狭山の口はしゃべっていた。

参会者の肩越しに、また幹事吉本の声がした。

「開宴までしばらく休憩します。温泉につかって、浴衣にくつろいで下さい」

女中たちが現われ、吉本の書いた部屋割りに従って、まずそれぞれの部屋に案内する。

狭山と大曾根の部屋は、見晴しのよい四階の十畳の和室であった。窓ぎわに立って伊豆の暮色を眺めている狭山に、後から大曾根が言った。

「四二一号室か。いやな部屋だな」

「え」

狭山はとまどった。大曾根の身分には、その部屋が不似合いとでもいうのかと思った。

「部屋の番号だよ」

「……………」

「四二一。シニイチ番だよ」

「なんだ」

狭山は笑ったが、大曾根は真剣な、むしろ不機嫌ともいえる顔つきであった。ただの思いつきや冗談で言ったのではない。小さな額には、二筋青筋が浮いている。〈神経質な男だったが、いまさら、こんなことを気にするようでは――。この男は、ほんとに弱ってるのではないか〉

狭山は、何となく気楽にもなった。やり手の男ではなく、あわれな男と同室してやるのだと、一種の優越感も湧く。

「気にするなよ」

投げすてるように言い、その後、ふと口ずさんでみた。

狭山はおかしくなった。

「死に一番か」

大曾根は、硬い表情をしていた。狭山はおかしくなった。

「風呂へ行かないか」

「いや、ぼくは寝る前にだけ……」

狭山は、一人で大風呂へ行った。歩く途中でも、浴槽の中でも、苦笑がにじんで来る。仲間たちに話してみたい誘惑に駆られもした。

ゆっくり温泉に浸ってから部屋に戻ると、大曾根は着替えを終えて、出て行っていた。浴衣姿の狭山は、広間に来て、その入口で思わず立ちすくんだ。

みんなが一斉に浴衣姿になり、あちこちで碁盤や将棋盤を囲んでいる。その姿が異様であった。

おどろくほど、光頭がそろっていた。ごま塩頭はわずかであり、白髪はさらに少なく薄い。養老院か僧院が移動してきた恰好である。服役囚ばかり集めた感じかも知れない。

人生の重みも個性も、何もない。無性格な光頭と浴衣だけがうごめいている。誰もが、もはや数でしかない。自分もこの中に入って行く。〈いやだなあ〉と思った。六十九歳の人生とは、それだけのものでしかないのか。

だが、すぐまた思い直した。風袋《ふうたい》をとった人生に意味があろうはずはない。赤裸な人間はもともと醜悪でしかない。社長である狭山、社長である大曾根——それが、やはり人生というものだ。

ふっと気負い立つものがあった。

大曾根はどこに居るのか。狭山は、ひとりきりの男の姿を探した。彼もまた、ひとり昂然として群から離れているにちがいないと思ったからだ。

だが、意外なことに、大曾根は幹事吉本と話しこんでいた。〈いやなやつ〉と吐き棄てんばかりに言った男を相手に、微笑まで湛《たた》えて。

吉本は狭山を見て、手招きした。

近づく狭山に、先の方から話しかける。

「いまね、大曾根君から同窓会の運営を援助しようという申し出があった。印刷なども、東京支店の方でやってもらえるというんだ」

狭山は、口を開けたまま大曾根を見た。

小さな眼がほほえんでいる。

呆れているより何か言わなくてはと思うのだが、狭山には、とっさに言葉が出ない。

大曾根の方から口を開いた。

「ずっと御無沙汰ばかりしていたからね。少しは罪亡ぼしさせてもらうよ」

「……いや、それは有難う」

大曾根の好意で、狭山は自分の立場が一転して悪くなったのを感じた。狭山の会社は、東京が本社である。手伝おうとするなら、人手に事欠かない──。

狭山はまじまじと、大曾根を見ていた。変ったな、と思う。小さな顔がいっそう小さくなった。浴衣のせいもあるが、杖でも投げ与えたいような無力で小さな一老人である。横車を押し通してきた男の面影は無い。浴衣の下に、肉のついた人間の体があるのだろうか。そのまま息絶えても誰も不思議がらないほど、枯れ果てている。その枯れが思いもかけぬ申し出をさせたのか。群の老人たちと大差ない一人にしてしまったのか。狭山が浴衣の群に眼をやると、吉本が顎を振り向けて言った。

「みんな、碁・将棋ぐらいしか、たのしみが無いんでね」

言葉のふくみを、狭山ははかりかねた。狭山も、そしておそらく大曾根も、その碁・将棋さえやらない。こうしたとき、せめて碁・将棋ぐらいと思わぬでもないのに。

狭山は、吉本に向って顔を立て直した。

「きみには何があるんだ」

「……ま、下手くそだけど、少しは絵を描くんでね」

年賀状には木版画を、ときどきの便りにはスケッチを入れてくる。近所の子供を教えているという話を聞いたこともある。

絵が碁・将棋に勝るたのしみと一概には言えないが、誰にでもできる趣味でないことはたしかだ――その辺のところが、彼の浮々した眼の色に出ている。

「今日も水彩を一、二枚ものしてみようと、ここへ昼ごろやってきたんだ。そうしたら上には上があるね。朝から来て油を描いてた人がある」

たのしそうな語り口である。

それが誰かは訊くまい。誰だって構わない。趣味に生きる連中は、昔から多過ぎた――。

無関心であろうとする狭山を、また裏切るように大曾根が言った。

「それは誰なんだね」

〈誰だっていいじゃないか〉

狭山は叫び出しそうであった。

五

六時半、開宴。

幹事吉本の隣に、大曾根・狭山と並んだ。新顔を引き立てるためもある。

冒頭、吉本は生存者叙勲の受章者を祝って乾杯の音頭をとった。

「勲二等瑞宝章、橋田君！」

当の橋田は、うろたえた声を上げた。

「二等じゃない、三等。勲三等なんだ」

失笑が散った。

「失礼。しかし、きみなんか当然勲二等と……」

吉本は、退職官僚に向って、すました顔で言った。そして、盃を干したとたん、狭山たちだけに聞える声で、

「何等だって、いいじゃないか」

その語調に、狭山は吉本がわざと言いちがえたのではないかと思った。茶化す癖は、吉本には昔からあったが、それにしても、今回は度が過ぎている。悪戯の域を越えて、はっきり悪意さえ感じられる。ひとをよろこばすより、傷つけようとして

いる。

狭山は、吉本も吉本なりに変って来たと思った。みんな、変り出した。これまで手の及ばなかった人生を少しでも埋め合わせておこうとでもいうように。死ぬ二、三年前から急に人が変ったようになって——そうした言葉が、眼の前に生きて動いている。

吉本が大曾根に酒を注いだ。

「ぼくは……」

と首を振りながらも、大曾根は受けた。その後、思い出したようにつぶやく。

「勲章をもらうようになっちゃ、おしまいだ」

低いが、性根《しょうね》のすわった声であった。吉本も、おっ、というように大曾根を見直した。

大曾根は盃を干した。

今度は、狭山が注いだ。

「医者に停められているんだが、今夜は……」

上目づかいに受章者の方角を見る。

冷たい眼の色であった。〈決して相容れないぞ〉と、つぶやいている。狭山は、大曾根がこの調子で人生に幾人もの敵をつくってきたのだと思った。

依怙地《いこじ》な男である。敵は自然に出来る。その敵に対しては、倒すか倒されるしかないと思い込む。全力を振るって、打撃を加える。また次に敵が浮かぶ。前社長にも、後継者たちにも、彼は敵の匂いを嗅いだ。その敵に対して、彼は身を守るのに、けんめいであった。追い出して専横の限りを尽くそうとしたなどというのは、彼のあずかり知らぬ所かも知れない。

歩いて行く先々に影が伴うように、敵がにじみ出てくる。彼は敵に脅迫され続ける。そうした幻の敵との戦いに一生追い廻されてきたのが、彼の人生ではないのか。

狭山はそこに、自分とは対照的な生き方を見る。

人と争わぬことを、狭山は建前にしてきた。いつも譲歩し、いつも和解をはかった。笑われても、怒鳴られても、妥協を固執した。

譲れば、モトは取れる。必ずモトは取って見せる——その静かな決意の方が、実際的であり、人生で有効だと信じた。結局は無駄を省き、無用な消耗を避けて通れる。決裂という事態こそ、狭山の終生の敵であった。

狭山はこうして誰にもほどほどにつき合い、誰からも、ほどほどに愛されてきた。五十年間その態度を貫き通してきたことが、彼の今日をあらしめている——。

いつか芸妓が入り、座はにぎやかになった。

民謡が出、小唄・長唄・義太夫と続く。

だが、踊りに出る者は無い。この前の大会のときには居たのだが、いまは物故者の中にある。

三味線や謡を縫って、老友たちの話声がきこえる。

誰々が胆嚢を切り取った話、前立腺肥大だが手術が出来ず、治療に手間どっているという話、コバルト六〇の照射を受けた話、ガンに効くという注射の話……。

血圧の話が出たところで、大曾根がたぐり込まれて行った。

「ぼくは最高で一一二、最低は六〇なんだ……」

話しやすいように、狭山は大曾根と座を入れ替ってやった。

隣席になった吉本が、銚子を持ち上げる。

「アルコールの寄附が減ってねえ」

思わず盃を引く。また嫌味かと思った。

吉本は笑って、

「いや、いいんだよ。よくしたもので、みんなの酒量も、がた減りだ。これで後三年したら、どうなることか」

案じるよりは、たのしんでいる口調である。

六

前々夜祭は終った。部屋に戻ってから、狭山は大曾根を誘い、温泉に入った。大風呂は好かぬというので、同じ階にある小さな岩風呂に浸った。

湯気と酒の酔いがまじり合い、体の輪郭がとけて行くようなよい気分である。それとともに五十年の歳月が消え、裸の学生同士が旅に在るような気がしてくる。

「古い友達って、いいものだなあ」

硫黄の匂う湯槽の中で、大曾根がタオルを頭にのせて言った。タオルに潰されそうなほど顔が小さい。

狭山が答えないでいると、大曾根は重ねて言った。

「いま、いちばん欲しいのは、友達だよ」

狭山は、すなおにうなずいた。

〈金があれば、女はつくれる。いや、金さえあれば、つくれぬものはない。ただ友達だけは別だ――〉

これまでの永い人生も、そんな平凡なことを発見するためにだけあったような気さえしてくる。

大曾根は素裸の狭山に「友」を感じたのか、後継者の居ない淋しさについても漏らした。

狭山もまた、そうした大曾根に「友」を感じた。彼の打明け話に対し、自分も胸襟を開かねばなるまい。

「きみはいい。しっかりした後継者を選んでおいて」

大曾根がそう言ったとき、すぐ手で遮《さえぎ》って言った。

「そうじゃないんだ。実はうちの副社長だが……」

狭山自身の内部にも、こもっているものがあった。

数年来、社長の椅子を譲るべき男を副社長にして、目をかけてきた。無用の摩擦を起すことなく、いかにも狭山の性格にふさわしいバトン・タッチをするつもりであった。

だが、その副社長が狭山を追い出す策謀をめぐらしていた。代表権も与えず会長にもせず、いきなり社外へ追い払おうとしているのである。しかも、その男は狭山をペテンにかけるようにして、トンネル会社である子会社を設立し、経済力でも狭山に対抗できる態勢をつくっている。

狭山はその男を処置したいのだが、争いを好まぬ性格、それに世間の目がこわくて出来ないでいる。荒療治をすれば、その男は開き直る。子会社の件にしても、形式上は狭山の経営責任を問われかねない。

円満なバトン・タッチどころか、いまは退陣を半ば強要されているような恰好であった――。

「そういうものなんだよ。可愛がってやれば、すぐ増長する」

狭山が話し終ったとき、大曾根は浴室の天井にひびくような高い声で言った。

狭山は、ぎくりとして大曾根を見た。眼鏡の奥の眼に、冷やかな笑いがあった。少なくとも、狭山にはそう思えた。

狭山は後悔した。「友」は消し飛んでいた。いや、「友」など、はじめから無かった。友情だけが信じられる老人同士などではなかったのだ。

前々夜祭の感傷、それに、いつも歩み寄る生き方が、思わぬ不用意なおしゃべりを生んでしまった。狭山は悔むだけでなく、あわてた。言い触らされたりしては困る。

「きみ、いまの話は内密にたのむよ」

屈辱を嚙みしめて言った。

「うん」

大曾根は鼻先で答え、

「人間は信じられん。そうだね、きみ、信じない方が得なんだよ」

部下に説諭でもするように言い、浴槽から上った。

狭山は、怒りのこもった眼で、その痩せた後姿をにらんだ。

〈口をふさいでやりたい……。死に一番――そうだ、こいつが早く死んでくれればいい〉

狭山の呪いを感じたかのように、洗場で大曾根がよろけた。

「酔ったな」

崩折れるようになりながら、大曾根は出て行った。かなりの長湯であったのだ。

七

大曾根に遅れて四二一号室に戻った狭山は、そのまま窓際に来て立った。狭山も、少し湯に酔ったような気がした。

窓の外には、闇がひろがっていた。

目に入るのは、少し下手にあるホテル従業員宿舎の灯だけ。その傍を帰り車の赤い尾燈が遠ざかって行った。

昼間いくつか目についた農家の灯は、どこにあるのか。農家のあったのは嘘なのか。

のみこまれそうな深い闇である。一歩踏み出せば、何が口を開けているか、わからない。闇だけが真実であり、全体なのだ。もう大曾根のことは考えなかった。狭山はそこに人生の相貌を見る思いで、立ち尽くしていた。

そういう感慨にとらえられたことは、これまでにも幾度かある。学生時代の山歩きの折に。子供が死んだ病院の窓で。四十になった日の旅先の宿で……。

〈すぐ先は暗い。争って何になる〉

彼はそう自分に言い聞かせた。

ただ、いまの彼には、その風景から何かの教訓を引き出そうという気はない。ただ茫然と、打たれるように見ているだけである。

しばらく立っていてから、狭山はふと、同室の大曾根が先刻から何の物音も立てないのに気づいた。

振り返ると、大曾根は柱に凭《もた》れ、両足を投げ出している。眼は閉じ、小さな頭はうなだれ、顔は土気色であった。

「おい、どうした」

狭山は走り寄り、荒い息を嗅いだ。

「おい」

肩に手をかけた。大曾根の体が崩れかかる。おどろいて、もう一つの手で支えた。

大曾根の唇が、かすかに動いた。

「脈、脈を診《み》てくれ」

狭山はとまどった。狭山自身の心臓も、おかしくなりそうであった。ほんの一瞬であったが、大曾根の死を願ったことが、頭をかすめた。

〈ばかな、そんなことがあってたまるか〉

廊下へ飛び出した。

幹事の吉本は、まだ広間に残っていた。碁・将棋の連中をひやかし、高い笑い声を立てている。だが、狭山の報《しら》せを聞くと、おそろしいほどの勢いで立ち上った。

「そうだ、きみは葡萄酒か酒を」

碁の一人を名指す。その相手の勲三等には、

「きみ、すぐフロントへ。医者を呼んで来るんだ」

山中に医者が居るかどうか心許《こころもと》ないのに、断乎として命じた。吉本と狭山に友人

の何人かがついて、四二一号へ駆け込んだ。大曾根は狭山が出て来たときのそのままの恰好で、なお首を折り曲げている。

「脈を……」

吉本が無器用な手つきで脈をとった。

「大丈夫だ。有る」

滑稽な答なのに、誰も笑わなかった。滑稽さに吉本当人が気づいて言い直した。

「しっかりした脈だぞ、安心しろ」

張り渡る声であった。

手をのばし、タオルを取る。つい先刻、大曾根の小さな頭にのっていたやつである。

「冷やして……」

言いかけてから、

「いや、ちょっと待とう。それより、きみたち、ふとんを」

みごとな采配であった。吉本一人が何人分も生きていた。能吏の振舞いといってもよい。

八

幸い、ホテルには看護婦が居た。応急処置がとられ、半時間ほど後には、医者も来た。

その夜は、吉本が大曾根を看《み》とると言い張り、狭山は吉本の部屋に移された。出席予定の一人が来ないということで、吉本の部屋には同室者が居なかった。吉本はいつもそういう風にして、自分だけ一人部屋を確保しているのではないか——狭山は不快さよりも、むしろ恐ろしさを感じた。小物《こもの》の筈の吉本でさえ、闇の向うに居る——。

寝つかれなかった。なまじ横になっているより、起きて看病している方が楽だとも思った。大曾根とは、まだまだ話すことがある。

経歴からいっても、現在の境遇からいっても、大曾根は意外によい話相手となったのではないか。古い仲間に新しい友情の花を咲かせることも出来たのではないか。

いや、それも既に手遅れなのか。手遅れだから、そう思えてくるのか——。

風が出た。

短く、鋭く、斬りつけるように、吹き過ぎて行く。

狭山は子供のとき田舎で、夜、風に斬られて血が出るという話を聞いたことがある。吹いているのは、たしかにその風の音であった。七十年の人生も、その風のように、一瞬に吹き絶えて行くのではないか。

九

一週間後、狭山は大曾根の訃報《ふほう》を聞いた。死因は心臓衰弱という。

狭山は、岩風呂の中の時間を思わずには居られない。

大曾根は狭山の話を、ともかく終いまで聞いてくれた。そして、あの高慢そうな言葉も、実は大曾根の本音であり、本心からそう思って狭山に忠告し、また大曾根自身を裁く言葉にしたのではないか——。

幹事吉本は言った。

「五十年大会への報告第一号というわけだ」

狭山は黙っていた。あっさり言ってのけられる吉本が憎らしく、また、うらやましい。大曾根の死は、狭山の心の中では整理のつかないものになっている。

吉本はそうした狭山を見流しながら、つぶやいた。

「惜しいことをしたよ。折角ついたパトロンを、また逃がしちまった」

会の運営事務のことだろう。当然、狭山に頼んで来ていいところだが、「きみ、ひとつ」とは言わない。狭山も、「よし、ぼくのところでやらせよう」とは言い出さない。

その日も風は強く、白いちぎれ雲があわただしく空を渡っていた。

解説

楠木 建

経営者には大別して2つのタイプがある。「三角形の経営者」と「矢印の経営者」だ。

企業でも役所でも、あらゆる組織には階層的な権限配置の構造がある。どんなにフラットで自由闊達な組織であっても、そこには依然としてヒエラルキーがある。権限の階層性はいつの時代も変わらない組織の本質のひとつである。

まるで登山のようにヒエラルキーを上へ上へと昇っていく。山頂にある社長のポストへの到達を最終目標として、キャリアを重ねていく。ついに社長になり、一件落着——。これが三角形の経営者だ。

三角形の経営者は本当のリーダーではない。商売の基を創り、戦略ストーリーを構想し、商売丸ごとを動かして成果を出す。商売が向かっていく先を切り拓き、外に向かって動きと流れを生み出す。矢印の経営者こそが本来のリーダーだ。

学校の物理の時間に習った「エネルギー保存の法則」を覚えているだろう。ボールをある高さに持ち上げる。そのボールは位置エネルギーを得る。ボールが落下するにしたがって、位置エネルギーの量は減り、運動エネルギーが大きくなる。逆もまた真なり。

この比喩でいえば、三角形の経営者は一義的に位置エネルギーを求める。「代表取締役社長」とか「ＣＥＯ」のポジションは、予算や人事の権限、社内外での権威など経営者に大きな位置エネルギーをもたらす。組織が大きいほど、経営者の位置エネルギーもまた大きくなる。

一方、矢印の経営者の生命線は運動エネルギーにある。本来の経営という仕事は、いずれも「何をするのか」「何を達成したいのか」という行動を問うものであり、経営者の運動エネルギーにかかっている。三角形の経営者には代わりがいくらでもいる。しかし、矢印の経営者は、その人がいないと始まらない。昔も今もこれからも、経営者の運動エネルギーはビジネスの成果を最も大きく左右する要因の一つである。

三角形の頂点をめざして偉くなりたい人はたくさんいる。三角形の経営者はいつの時代も供給過剰だ。だから限られたポストをめぐり組織の中で熾烈な競争が起こる。企業経営の停滞や迷走の背景には、いつも三角形の経営者の跳梁跋扈と矢印の経営者の不在がある。

なぜそうなるのか。その理由は、多くの人が人間の本能的習性から「エネルギー保存の法則」に嵌《はま》るからである。

組織の頂点に立てば、大きな力が手に入る。力とは「動員できる資源の大きさ」である。自分が一声かければ1000人が動く。ひとつの判断で100億円が動く。より大きな資源動員力を求めるのは人間という動物に埋め込まれた基礎的本能の一つだ。

社長のポジションは一つしかない。必然的に厳しい競争を勝ち抜かなければならない。組織のヒエラルキーを一つ一つ昇っていくのには多大なエネルギーを要する。経営者の位置エネルギーは、そのポジションに到達するまでにその人が費やしたありとあらゆる運動エネルギーが転化したものなのかもしれない。

さて、ここからが問題である。三角形の経営者はエネルギー保存の法則の産物である。彼らも若い頃は運動エネルギーに溢れていたのかもしれない。しかし、それが次第に位置エネルギーに転化する。位置エネルギーが増えるほど、運動エネルギーは低下する。役員、社長に昇り詰め、位置エネルギー満載となったときには、

「こういう商売をしたい！」「これで稼いでいくぞ！」という運動エネルギーがすっからかんになっている。

考えてみれば、経営者にとって位置エネルギーはあくまでも手段にすぎない。大きな位置エネルギーを再び矢印の運動エネルギーに転化できてこその経営者である。ところが、三角形の経営者にとっては、社長のポジションにあるという状態それ自体が一義的な目的になってしまう。手段の目的化だ。

何も実質的な仕事はしていなくても、みんなが頭を下げる。社内外での名望を毎日肌で感じることができる。だから現在の位置エネルギーを維持するのに汲々とする。こうなってしまっては、もはや本当の意味での経営者ではない。実にさびしい話だ――という話をしていたら、ある経営者（三角形タイプ）から「それはキミが偉くなったことがないからわからないんだよ！」と叱られたことがある。確かにその通り。うまいことを言う。それほど位置エネルギーは人間にとって魅力がある（らしい）。だから、多くの人はこの本能的宿痾《しゅくあ》から逃れられない。

本書に収められた４つの短編は、いずれも三角形の経営者の悲哀と寂寥の物語である。それが証拠に、ジャンルとしては「ビジネス小説」なのだが、ビジネスの中身の話はほとんど出てこない。組織の中でのポストを巡る「仁義なき戦い」と、それにまつわる恨み妬《ねた》み嫉《そね》みの話に終始する。
「緊急重役会」の主人公である恩地は、位置エネルギーに取り憑かれた男である。人間ドックを受診した際、過去の入院者の署名簿を見ても、肩書ばかりに目が行ってしまう。名も知らぬ会社の社長が「××会社社長」と記しているのを見て恩地は思う。

「社長」であれば、たとえ無名の会社であっても、肩書に記すにはおかしくない。だが、どんな大会社にせよ、「専務」や「常務」では、坐りが悪い。事実、署名簿の中に、「社長」は三つ四つあったが、「専務」「常務」を附記したものはなかった。「社長」——それこそが、勤め人として世間に誇らしげに名乗れる唯一の肩書なのだ。

恩地は紡績会社の専務で、次期社長と目されている。ところが、現社長は一向に退く気配がない。やきもきする中で恩地は自分が癌に冒されていることを知る。病院に閉じ込められていた恩地は緊急重役会の噂を聞いて社に駆ける。しかし、すでに自分の降格の議事は済んでいた。追い詰められた恩地は、それが生きている証であるかのように、なおのこと社長の椅子への執念をたぎらせる。タイトルから連想されるような重役会での激しい応酬や駆け引きは、物語の中に出てこない。カメラは病院にいる主人公の心の動きを静かに追い続ける。このプロットが実に巧い。生死をも超越した位置エネルギーへの妄執がいっそう鮮明に浮かび上がる。

「ある倒産」。大手重工会社部長の原口は真面目さと慎重さだけがとりえの平凡な男。名前だけは部長だが、社内でいちばんの閑職に甘んじて就き、2年先の定年を待つだけの身だった。ところが、ひょんなことから子会社の専務へと「栄転」したのがきっかけで、原口は自分でもそれまで気づかなかった社長の座への欲望に目覚め、破滅への迷路に入り込んでいく。

「形式の中の男」。一代で不動産会社を興したワンマン経営者の米原は、副社長の菊井が社内で力を増していくのが内心面白くない。菊井が率いる事業部の業績は好調で、会社全体にとっても貢献は大きい。にもかかわらず、優秀な部下である菊井への憎悪は日増しに強まる。

挙句の果てに、「どんな形でもいいから、菊井に打撃を加えたい」とまで思いつめた米原は、自分の会社を大手総合商社に売却するというプランを思いつく。巨大商社の一部門になれば、菊井はもはや一介の部長に過ぎない。これまでのように好き勝手は許されない。将来もその部門担当の平取締役どまりで終わる――。病に冒されながらも、米原はこの「名案」の実現に命を懸けて動き回る。

せっかく自分が興した会社を、好業績事業を含めて丸ごと売り飛ばしてしまうのだから、「名案」どころか本末転倒もいいところだ。しかし、この矛盾に満ちた思考と行動が三角形の中での権力闘争と嫉妬の凄まじさを浮き彫りにしている。

「前々夜祭」は位置エネルギーを求めた権力闘争に勝ち残った2人の経営者の邂逅を描く。ともに上場企業の社長の座にある大曾根と狭山は大学の同期会で久しぶりに顔を合わす。ところが、旧交を温めるどころか、ちょっとした言葉の端をとらえて、互いに張り合う。2人の間には何も争うものがないはずなのに、「こいつが早く死んでくれればいい」とさえ思う。その孤独と空虚に暗澹たる気持ちになる。

それぞれに格別の渋味と苦味がある。昭和の高度成長期という時代背景も本書のこの味わいに影響している。「緊急重役会」は昭和37年、最も新しい「形式の中の男」でも47年の作品である。物語のあちらこちらに昭和の匂いが濃く出ている。恩地も原口も兵隊として出征を経験している。勤め先が紡績会社や重工会社というのも昭和らしい。脇役として登場する女性も、主人公の妻や愛人（決まってバーのホステス）ばかり。「男に寄り添う昭和の女」を生きている。大曾根と狭山が再会した同期会では、まだ69歳なのに卒業生の6割が物故者になっている。時代を感じる。高度成長期の日本、すべてを会社に捧げて仕事に明け暮れたモーレツ社員。出世への道を昇りつめたところに待ち受けている空疎な暗闇。このコントラストが登場人物の悲哀をいっそう色濃くしている。

裏を返せば、昭和日本の高度成長こそが三角形の経営者を量産する土壌だったともいえる。企業経営に追い風が吹きまくっていた中で、企業の進むべき方向は決まっていた。自らの「矢印」がない三角形の経営者が本能の赴くままに組織の中の権力闘争に明け暮れていても、会社はなんとか回り、それなりに成長して行く時代だったのである。

成熟期に入って久しい今日の日本では、企業経営を取り巻く環境や経営者に求められる資質は当時とは大きく異なる。逆風の中、三角形の経営者ではどうにもならない。いよいよ本来の矢印の経営者がリーダーとして求められている。

いまの時代を生きる読者にとって、三角形の経営者の苦渋に満ちた貌を描く本書は格好の反面教師を提供している。

（一橋大学教授）

作品中には、今日では不適切とされる表現がありますが、著者が故人であること、著作者人格権を考慮し、当初の表現を尊重しました。ご理解賜りますようお願いいたします。

〈初出誌一覧〉

緊急重役会　「オール讀物」　昭和三十七年一月号
ある倒産　「オール讀物」　昭和三十九年十月号
形式の中の男　「小説サンデー毎日」　昭和四十七年六月号
前々夜祭　「別册文藝春秋」　昭和四十一年第96号

この文庫本は昭和五十一年三月に刊行された文春文庫『緊急重役会』を再編集した新装版です。

DTP制作　エヴリ・シンク

文春文庫

緊《きん》急《きゅう》重《じゅう》役《やく》会《かい》

定価はカバーに
表示してあります

2018年11月10日　新装版第1刷

著　者　城《しろ》山《やま》三《さぶ》郎《ろう》
発行者　花田朋子
発行所　株式会社　文藝春秋

東京都千代田区紀尾井町3-23　〒102-8008
TEL 03・3265・1211㈹
文藝春秋ホームページ　http://www.bunshun.co.jp

落丁、乱丁本は、お手数ですが小社製作部宛お送り下さい。送料小社負担でお取替致します。

印刷製本・凸版印刷

Printed in Japan
ISBN978-4-16-791176-8